Bianca

Dani Collins
Era lo prohibido

Editado por HARLEQUIN IBÉRICA, S.A.
Núñez de Balboa, 56
28001 Madrid

I.S.B.N.: 978-84-687-3144-5
Depósito legal: M-13752-2013
Editor responsable: Luis Pugni
Fotomecánica: M.T. Color & Diseño, S.L. Las Rozas (Madrid)
Impresión en Black print CPI (Barcelona)
Fecha impresion para Argentina: 30.12.13
Distribuidor exclusivo para España: LOGISTA
Distribuidor para México: CODIPLYRSA
Distribuidores para Argentina: interior, BERTRAN, S.A.C. Vélez
Sársfield, 1950. Cap. Fed./ Buenos Aires y Gran Buenos Aires,
VACCARO SÁNCHEZ y Cía, S.A.

Capítulo 1

NICODEMUS Marcussen se puso en pie para estrecharle la mano a su abogado. Le dolían los músculos por la tensión de ocultar lo que le hacía sentir lo que acababan de hablar.

—Sé que ha sido un asunto difícil de tratar —se despidió el abogado.

Nic no hizo ni caso a la compasión que mostró el otro hombre y pensó que, en realidad, no tenía ni idea de lo que decía. Confiaba en Sebastyen, pero solo dentro del marco de la multinacional de medios de comunicación que dirigía desde que había muerto Olief Marcussen, pues Sebastyen había sido uno de los que más lo habían apoyado, de los que siempre habían creído en sus dotes de liderazgo naturales a pesar de su falta de experiencia. Se sentía agradecido hacia él, pero no eran amigos. En realidad, Nic huía de las relaciones estrechas.

—Gracias por tus consejos —le dijo sinceramente, pues el abogado había presentado datos prácticos desposeídos de cualquier sentimentalismo—. Ha llegado el momento de considerar el asunto, pues se acerca el aniversario. Te haré saber cómo quiero proceder —concluyó.

Sebastyen dudó, como si quisiera añadir algo, pero Nic miró el reloj. Estaba muy ocupado. No tenía tiempo de charlar.

—Insisto en que sería de ayuda que todos los familiares estuvieran de acuerdo —se despidió Sebastyen.

–Entiendo –contestó Nic en tono frío y distante, lo que fue más que suficiente para que el abogado asintiera, como disculpándose, y se fuera rápidamente.

Nic estaba seguro de que toda la empresa, así como el resto del mundo, sabía de las escapadas de la otra «familia», pero no iba a tolerar que especularan sobre cómo iba a conseguir su cooperación.

Ya se le había ocurrido algo para conseguirlo. Mientras Sebastyen le iba contando lo ocurrido, su cerebro se había puesto en marcha.

Cuando el abogado cerró la puerta del despacho, Nic volvió a su mesa y agarró el sobre que había recibido aquella mañana por correo. Había facturas de todo tipo, casi todas tan frívolas y superficiales como la mujer que las había generado. La notita se la podía haber ahorrado.

Nic, no me funcionan las tarjetas de crédito. Por favor, mira a ver qué ocurre y mándame las nuevas a Rosedale. Me voy este fin de semana para allá y me voy a quedar un tiempo dándome un respiro.

Ro

¿Un respiro de qué? No lo comprendía, pero le venía bien aquel comportamiento de Rowan. Por lo visto, no había captado el mensaje cuando le había anulado las tarjetas de crédito dos meses atrás, así que había llegado el momento de hacer lo que Olief debería haber hecho hacía muchos años: hacerla madurar y responsabilizarse de su vida.

Rosedale.

Nada más ver los viñedos que rodeaban la sólida casa de piedra gris, Rowan O'Brien sintió que había vuelto a casa. La mansión inglesa de torretas estaba fuera de lugar en aquella isla mediterránea de playas de arena blanca y aguas turquesas en la que eran típicas las construcciones blancas, pero había sido construida en honor de una persona a la que ella quería mucho y, además, allí se sentía libre.

Había mandado a un taxi por delante de ella con su equipaje, enfadada porque no le daba el dinero más que para tomar el ferry, pero el lento trayecto había resultado de lo más terapéutico. Aunque se moría de ganas por volver a ver la casa, había necesitado tiempo para prepararse porque sabía que la iba a encontrar vacía.

Rowan pisó el césped, ignoró su equipaje e intentó abrir la puerta, esperando que estuviera cerrada con llave y preguntándose qué habría hecho con su copia. Le había dejado un mensaje al ama de llaves, pero no estaba segura de que Anna lo hubiera recibido porque su teléfono móvil había dejado de funcionar también, como todo lo demás.

Qué contradicción.

La puerta estaba abierta, así que entró. La recibió un inmenso silencio que la hizo suspirar. Hacía tiempo que quería volver, pero no se había atrevido porque sabía que el alma de la casa faltaba...

En aquel momento, oyó pasos en la planta superior. Eran pasos de hombre... Rowan no pudo evitar soñar con que su madre y su padrastro habían sobrevivido y estaban allí, pero no era así, por supuesto.

El autor de los pasos bajó las escaleras y quedó a la vista.

Oh.

Rowan se dijo que su reacción era normal después de haber estado tanto tiempo sin verse cara a cara, pero era más que aquello.

Nic siempre había hecho que le latiera el corazón aceleradamente, pero, desde que se había abalanzado sobre él en un horrible momento de desesperación hacía dos años... cada vez que lo recordaba, se moría de la vergüenza.

Consiguió ocultar su reacción, pero no pudo evitar fijarse en lo guapísimo que estaba. Rowan se dijo que conocía a muchos hombres guapos. Quizás ninguno de ellos parecía una mezcla de vikingo rubio y guerrero con un soldado espartano y frío, pero muchos tenían los ojos azules y el mentón recto y cuadrado.

Nic no era solamente guapo. Además, era poderoso. Estaba tan seguro de sí mismo que exudaba algo que casi parecía agresivo. Nic siempre había sido un hombre seguro de sí mismo, pero ahora la autoridad que proyectaba era impactante. De hecho, Rowan sentía una fuerza que salía de él y la atrapaba como si quisiera magnetizarla y controlarla.

Se resistió, por supuesto. En lo que se refería a aquel hombre, tenía que ser tajante. Temía que, si se mostraba débil, acabaría ahogándose, así que decidió presentar batalla. Además, era una de las pocas personas a las que podía oponerse sin consecuencias porque no tenía nada que perder con él. Ni siquiera su cariño. Siempre había sido así. La había odiado desde el primer día, algo que siempre había puesto de manifiesto.

Por tanto, no hacía falta que la hubiera despreciado como lo hizo cuando ella lo besó en su veinte cumpleaños. Rowan se había esforzado mucho por disimular el daño que le había hecho aquel desplante y no estaba dispuesta a mostrarse débil ahora.

–Qué sorpresa tan agradable –le dijo con aquel acento irlandés que había hecho tan famosa a su madre

y luciendo aquella sonrisa suya que normalmente hacía
que los hombres se cayeran de espaldas–. Hola, Nic.

Su saludo rebotó en la armadura de indiferencia del
aludido.

–Hola, Rowan.

Rowan sintió su voz fría y distante como el lengüe-
tazo áspero de un gato, todo un reto para parecer tan
tranquila como él.

–No sé si me habrás dejado un mensaje, pero no lo
he recibido. No me funciona el móvil –le comentó colgando el bolso de la barandilla.

–¿Y por qué supones que es eso? –le preguntó Nic
sin moverse, mirándola fijamente a los ojos.

Su acento siempre la desconcertaba. Era tan sofisti-
cado como él, vagamente estadounidense con un deje
de internado británico y mezcla del tiempo que había
vivido en Grecia y en Oriente Medio.

–No tengo ni idea –contestó Rowan quitándose la
cazadora vaquera y dirigiéndose al salón porque necesitaba alejarse de él.

Una vez allí, la tiró sobre el respaldo del sofá. El so-
nido de sus botas en el suelo le recordó lo vacía que estaba la casa. La sorprendió pensar que, tal vez, Nic estuviera allí por la misma razón que ella. Lo miró para
comprobar si había nostalgia en su rostro, pero lo encontró igual de impávido que siempre.

De hecho, Nic la miraba con los brazos cruzados,
con arrogancia.

–No, claro, no lo sabes –comentó con desdén.

–¿Qué es lo que no sé? –le preguntó Rowan con la
vaga esperanza de que se mostrara humano en alguna
ocasión.

«Déjalo ya», se dijo a sí misma.

Tenía que olvidarse de él, pero, ¿cómo? Mientras se

lo preguntaba, se quitó la goma con la que se había recogido el pelo en el barco, se pasó las manos por el cuero cabelludo para masajearlo un poco y movió su bonita cabellera negra.

—¿Tu móvil dejó de funcionar al mismo tiempo que tus tarjetas y no se te ha ocurrido por qué? A mí me parece bastante obvio —le dijo Nic.

—¿Que todos los contratos vencieran a la vez? Sí, se me ocurrió, pero no creo. Siempre me los habían renovado automáticamente —contestó Rowan peinándose con los dedos.

Cuando elevó la mirada, vio que Nic se estaba fijando en su cuerpo. La sorpresa hizo que se le acelerara el pulso. Qué deleite. Las mismas hormonas adolescentes que la habían llevado a hacer el peor ridículo de su vida acababan de revivir ahora ante el innegable interés de Nic.

Era una vergüenza que le bastara una mirada para ponerla así, pero estaba encantada. Para ocultar su confusa reacción, lo retó con una sonrisa. No le fue fácil mirarlo a los ojos para dejarle claro que sabía perfectamente que lo había sorprendido mirándola, pero lo consiguió.

Desde muy jovencita había sabido sacar partido de sí misma. Sabía que gustaba a los hombres, pero era la primera vez que aquel hombre en concreto demostraba interés por ella. Aunque mirarlo a los ojos daba cierto vértigo, Rowan se sentía poderosa.

En lo más profundo de sí misma, sabía que no tenía ninguna posibilidad, pero, aun así, avanzó hacia él. Cuando se paró, se llevó la mano a la cadera en actitud provocadora.

—No hacía falta que vinieras tú en persona a traerme las tarjetas nuevas. Supongo que eres un hombre muy ocupado. ¿Qué te ha pasado? ¿Te han entrado ganas de ver a la familia? –le preguntó buscando alguna señal que indicara que, al igual que los demás mortales, él también necesitaba contacto humano.

No fue así. Nic la miró con más frialdad todavía. Rowan sabía lo que estaba pensando. Aunque su madre y el padre de Nic habían sido pareja durante casi diez años, no la consideraba su familia en absoluto.

–Efectivamente, soy un hombre muy ocupado –contestó con su patente falta de cariño.

Rowan no lo había visto demostrar cariño por nadie nunca, pero siempre parecía incluso más frío con ella.

–Es que algunos trabajamos, ¿sabes? –añadió–. Claro que tú de eso ni idea, ¿no?

¿De verdad?

Rowan cambió el peso de su cuerpo a la otra cadera y sonrió de manera perversa al ver que había vuelto a conseguir captar su atención aunque no la estuviera mirando con admiración sino, más bien, con enfado.

Muy bien porque ella también estaba enfadada.

–Llevo bailando desde los cuatro años –le recordó–. Sé perfectamente lo que es trabajar.

–Una manera poco digna de ganarte la vida, siempre teniendo que recurrir al nombre de tu madre –le espetó–. ¿No tienes ningún talento propio? Ahora me vendrás con que lo que te pagan por ir a esa discoteca es un sueldo digno, pero yo no hablo de prostituirse sino de tener un trabajo de verdad, Rowan. Lo que te estoy diciendo es que nunca has tenido un trabajo del que vivir.

¿Nic sabía lo de la discoteca? Sí, claro que lo sabía. ¿Cómo no lo iba a saber? Los paparazzi se habían vuelto locos, que era, precisamente, lo que querían los que la habían contratado. No le había gustado haber tenido que recurrir a aquello, pues sabía lo mal que quedaría con su madre fallecida hacía poco tiempo todavía, pero tenía la cuenta bancaria bajo mínimos y no le había quedado más remedio.

Además, no se había gastado el dinero en ella, pero no estaba de humor para hablar de aquel detalle. Olief había entendido que ella había tenido una obligación hacia su padre, pero Rowan tenía la sensación de que el señor Moralista no lo iba a entender así.

Mejor presentarle batalla en un frente en el que pudiera ganar.

—¿Me estás criticando por hacer dinero con el nombre de mi madre cuando tú eres el hijo del jefe?

Nic no sabía de la misa la media. Cassandra O'Brien, su madre, la había subido a un escenario a muy tierna edad para conseguir trabajo porque a ella no la contrataban. La fama de diva volátil con tendencia a enamorarse de hombres casados no le había beneficiado en absoluto.

—Mi situación es diferente —contestó Nic.

—Claro. Tú siempre lo haces todo bien y yo siempre lo hago todo mal. Tú eres inteligente y yo soy tonta.

—Yo no he dicho eso. Lo que quiero decir es que Olief nunca me promocionó por ser su hijo.

—¡Qué superior te crees, Nic! Bueno, de acuerdo, lo que tú quieras. Todos sabemos que eres de lo más condescendiente, así que da igual. No he venido hasta aquí para pelearme contigo. La verdad es que no esperaba verte aquí. Quería estar sola —añadió mirando hacia la cocina—. Me apetece un té. ¿Le digo a Anna que haga también para ti?

—Anna no está. Ya no trabaja aquí.

—Oh —dijo Rowan yendo confundida hacia la cocina—. Bueno, sé hacer té —anunció—. ¿Quieres o, con un poco de suerte, ya te vuelves para Atenas? —le preguntó batiendo las pestañas con fingida inocencia.

–Llegué anoche y tengo intención de quedarme el tiempo que haga falta.

Lo había dicho sin expresión. Su rostro de Adonis no reflejaba absolutamente nada. Aquel hombre parecía un robot... claro que los robots no llevaban vaqueros desgastados y camisetas que marcaban los hombros musculados y anchos.

–¿El tiempo que haga falta para qué? –quiso saber Rowan avanzando hacia la cocina–. ¿Para echarme? –adivinó de repente.

–¿Lo ves? No eres tonta.

Capítulo 2

ROWAN se dio la vuelta con tanta premura que su caballera ondulada voló a su alrededor. Estaba tan atónita que a Nic le entraron ganas de reírse.

–Has sido tú el que ha dado de baja mis tarjetas de crédito y el que me ha dejado sin teléfono móvil. ¡Has sido tú!

–Bravo –contestó Nic.

–¿Por qué lo has hecho? Es horrible. Por lo menos, me lo podrías haber dicho.

Era evidente que Rowan se sentía indignada. Ante aquello, Nic sintió que se le endurecía la entrepierna. Era algo que le solía ocurrir a menudo cuando estaba con ella y, por eso mismo, pudo controlarla e ignorarla perfectamente. A continuación, se centró en su indignación y se dijo que era cierto, que ni siquiera había intentado contactar con ella. Claro que, por otra parte, intentar hacer entrar en razón a una chica tan mimada como ella era batalla perdida. Era mejor actuar a toro pasado. Exactamente igual que ella.

–¿Por qué no me has dicho que has dejado el conservatorio? –le preguntó.

Rowan ocultó la culpabilidad que sintió durante unos segundos.

–Porque no es asunto tuyo.

–Tampoco es asunto mío si te compras lencería o te

la dejas de comprar y, sin embargo, me mandas todas las facturas.

Aquello hizo que Rowan se sonrojara, lo que sorprendió a Nic, pues no la creía capaz de algo así.

–¡Qué típico de ti! –exclamó Rowan–. Para qué ibas a hablar conmigo primero, ¿verdad? De verdad, Nic, ¿por qué no me llamaste?

–Porque no había nada que hablar. El acuerdo que tenías con Olief era que te mantendría mientras estuvieras en el conservatorio. Lo has dejado, así que ya no hay que mantenerte. A partir de ahora, tendrás que tomar las riendas de tu vida.

Rowan lo miró con los ojos entrecerrados.

–Cuánto estás disfrutando –comentó–. Siempre me has odiado y estás aprovechando esta oportunidad para castigarme.

–¿Castigarte? Me dices que te odio porque no permito que me manipules –afirmó Nic–. Conmigo no puedes hacer lo mismo que con mi padre y eso te molesta. Él te habría consentido el estilo de vida que llevas ahora, pero yo, no.

–Porque quieres que viva peor que tú, ¿verdad? ¿Por qué?

Su soberbia estuvo a punto de hacer que Nic estallara en carcajadas.

–¿Te crees que tú y yo somos iguales?

–Tú eres su hijo y, para mí, fue como un padre.

Aquel intento por parte de Rowan de sonar razonable fue tomado por Nic como un comentario condescendiente. ¿Cuántas veces había recurrido él a aquella misma actitud al no sentirse seguro del lugar que ocupaba en la vida de Olief? Llevaba su apellido solo porque había querido deshacerse del que le habían puesto al nacer. Al final, Olief lo había tratado como a un igual, como a un respetado colega, pero Nic jamás olvidaría que había sido un hijo no deseado y que su padre parecía avergonzado de haberlo concebido.

Cuando, por fin, había conseguido hacerse un hueco en la vida de Olief, aquella chica y su madre se habían interpuesto entre ellos. Nic tenía paciencia, así que había esperado y esperado a que Olief tuviera tiempo para él, para que se diera cuenta de su presencia, pero nunca lo había hecho.

Aun así, Rowan creía que aquel hombre cuya sangre corría por las venas de Nic era su padre y, cuando hacía dos años, Olief había tenido que elegir entre ellos dos, había elegido proteger a Rowan y menospreciarlo a él.

Nic jamás lo olvidaría.

–Eres la hija de su amante –le recordó–. Te aceptó porque formabas parte del paquete de tu madre –añadió.

Nunca había sido tan agresivo, pero llevaba muchos años guardando aquella amargura en su interior y la única persona que le había impedido verterla sobre Rowan ya no estaba viva, así que ahora no tenía ningún impedimento.

–¡Se querían! –los defendió Rowan con su temperamento irlandés.

Aquel temperamento lo excitaba. Al sentir su rabia dirigida contra él, Nic sintió la respuesta de su cuerpo más fuerte que nunca. No quería sentirlo porque aquella chica estaba fuera de su alcance. Siempre lo había estado... incluso antes de que Olief se lo dejara claro. Era demasiado joven y demasiado mimada... no era para él en absoluto.

Por eso la odiaba. Se odiaba a sí mismo por reaccionar de aquella manera. Aquella chica jugaba con sus emociones muy fácilmente y, por eso precisamente, la quería fuera de su vida. Quería que aquel deseo que lo confundía desapareciera.

–No estaban casados –le recordó con frialdad–. Tú no eres nada suyo. Tu madre y tú no fuisteis más que un par de parásitos, pero eso ya terminó.

–¿Qué ganas diciendo algo así? –le espetó avanzando hacia él a grandes zancadas.

Nic la sintió tan fuerte, como una tormenta que amenazaba con llevárselo por delante, que tuvo que hacer un esfuerzo para que no lo arrancara del lugar.

–¿Cómo vas a justificar esto ante Olief?

–No tengo que justificar nada ante él porque está muerto.

Aquellas palabras los sorprendieron a ambos. A pesar de su conversación con Sebastyen, Nic no había pronunciado lo que era obvio, no lo había dicho en voz alta. Ahora, al oírlo, comprendió y sintió que el corazón se le encogía.

La fuerza del enfado abandonó a Rowan, dejándola con los labios pálidos.

–Te has enterado de algo –comentó esperanzada.

Nic se sintió fatal. Se había convencido de que la desaparición de su padre y de su madre no había significado mucho para ella porque, mientras ellos estaban desaparecidos, Rowan no paraba de salir a bailar a las discotecas, pero su reacción le estaba haciendo dudar. A lo mejor, no era tan superficial como él creía. Aquella posibilidad hizo que sintiera deseos de abrazarla aunque no fueran parientes.

Claro que la única vez que la había abrazado...

Aquel recuerdo hizo que sus emociones incendiarias amenazaran con apoderarse de él, pero Nic consiguió mantenerlas a raya.

–No –contestó preguntándose por qué había conseguido mantenerse firme ante Sebastyen, que lo conocía mejor que nadie, y no le era tan fácil hacerlo delante de Rowan.

Supo inmediatamente que era porque temía que Rowan pudiera ver en lo más profundo de sí mismo, que lo mirara a los ojos y se diera cuenta de que sus defensas se estaban desintegrando. No quería mirarla a los ojos.

–No, no me he enterado de nada. Seguimos sin noticias, pero dentro de dos semanas hará un año y es una locura seguir pensando que podrían haber sobrevivido. Los abogados me aconsejan que pidamos al juzgado que los declare... muertos –carraspeó.

Silencio.

Nic la miró para ver su reacción y se encontró con una mirada de desprecio tan potente que lo sorprendió.

–¿Cómo tienes la desfachatez de acusarme de ser un parásito, cuando tú eres un beato y un canalla? –le gritó recuperando la fuerza que había perdido–. ¿Quién sale beneficiado si se les declara muertos? No, Nic. No, no pienso permitirlo.

Dicho aquello, se fue a la cocina dando un portazo.

Nic no estaba dispuesto a permitir que se fuera de rositas después de haberlo insultado, pero necesitaba un minuto para recomponerse e ir tras ella.

Rowan registró los armarios en busca de una tetera.

Temblaba de indignación.

Y de miedo.

Si era cierto que su madre y Olief habían muerto...

Sintió que le faltaba el aliento. Aquello la dejaría completamente a la deriva. Había conseguido darle cierto sentido a su vida aunque era cierto, Nic tenía razón en aquello, que en el último año había estado bastante confusa. Ahora, necesitaba tiempo para arreglar algunas cosas y planificar su futuro.

Por lo visto, Nic el cruel, no estaba dispuesto a concedérselo.

Entró en la cocina y Rowan sintió su formidable presencia con tanta fuerza que tuvo que agarrarse al borde de la mesa.

No estaba dispuesta a permitir que su cuerpo reaccionara ante él.

—No sé de qué me sorprendo —susurró—. No tienes ninguna sensibilidad. Eres frío como un témpano.

—Mejor ser frío que ser una caradura —le espetó Nic—. No te da pena que mi padre haya muerto sino perder su fortuna, ¿verdad?

—Por si no te has dado cuenta, yo no he hablado de su dinero ni una sola vez. ¿Qué te ocurre? ¿El consejo de administración te lo está haciendo pasar mal otra vez? A lo mejor no tendrías que haberte dado tanta prisa en ocupar el puesto de Olief como si fuera tuyo.

—¿Y quién se habría hecho cargo entonces? —le recordó Nic—. Los consejeros querían venderlo todo, pero yo he conseguido mantenerlo intacto para que mi padre lo encuentre a su regreso.

Rowan sabía que era cierto que Nic se había tenido que enfrentar a los consejeros delegados, pero, en aquellos momentos, ella había estado completamente concentrada en la recuperación de su pierna y no se había preocupado de la empresa en absoluto.

—Los he buscado sin descanso —continuó Nic—. He pagado numerosas expediciones mucho después de que las autoridades cerraran el caso. ¿Qué has hecho tú? —la retó—. ¿Poner al club de admiradores de tu madre como loco?

Rowan apretó los puños.

–Me había roto una pierna y no podía salir a buscarlos. ¡Te aseguro que conceder todas aquellas entrevistas no fue plato de gusto!

–Ya me imagino que contestar a las preguntas de los periodistas con lágrimas de cocodrilo en los ojos no debió de ser fácil –se burló Nic.

¿Lágrimas de cocodrilo? Las lágrimas que llenaban los ojos de Rowan siempre que pensaba en el avión que había desaparecido eran de verdad, eran reales, pero se apresuró a desviar la mirada porque no quería que Nic se diera cuenta de su disgusto. Era evidente que no creía que su reacción fuera sincera y no estaba dispuesta a suplicarle que la creyera.

Sobre todo, porque albergaba sentimientos contradictorios. Alguno de ellos incluso la asustaba. La culpa la ahogaba cuando recordaba la cantidad de veces que había deseado perder de vista a su madre, que la controlaba demasiado. Desde que cumplió diecinueve años, había estado debatiéndose constantemente entre el desafío abierto hacia su madre y el deseo sincero de permanecer cerca de Olief, de Rosedale y, aunque le diera vergüenza confesarlo, también de su hijo.

Pero, por supuesto, nunca había deseado que su madre muriera.

No quería declararla muerta y no lo iba a hacer.

–Si quieres dirigir la empresa de tu padre, adelante, pero, si lo que quieres es tener mayor control sobre ella y, por extensión, sobre mí, no esperes que te ayude –declaró poniendo la tetera al fuego y arriesgándose a mirarlo.

–Estoy dispuesto a olvidar tus deudas si accedes a cooperar conmigo –sugirió Nic.

–¿Mis deudas? –se rio Rowan–. ¿Te refieres a unas

cuantas facturas de las tarjetas de crédito? Anda, invén-
tate algo mejor...

Su madre y ella se habían visto en peores situacio-
nes muchas veces. Entonces, Cassandra solía decirle
«estamos bajo mínimos, cariño. Anda, pórtate bien y
baila un poco». No le solían pagar mucho por bailar,
pero Rowan lo hacía. No le quedaba más remedio.

Nic se apoyó en el frigorífico. Tenía brazos fuertes,
torso amplio y era tan masculino que Rowan sintió que
se le secaba la boca.

–Pon tú el precio –le dijo Nic.

La confianza en sí mismo que exudaba resultaba tan
atractiva como su físico, lo que molestaba a Rowan,
que se sabía vulnerable. A ver si aguantaba lo que le
iba a soltar.

–Rosedale –lo retó.

Sabía que era mucho, pero consideraba aquel lugar
su hogar y sabía que era donde Olief volvería... si podía.

–¿Rosedale? –repitió Nic.

La estaba mirando con tanta frialdad que Rowan se
estremeció. Luego, se dio cuenta de que se estaba mostrando grosera porque él lo era.

–¿Por qué no? A ti no te gusta.

–Eso no es cierto. No me gusta la casa –respondió
Nic cruzándose de brazos–, pero el lugar es perfecto.
Tengo intención de tirar abajo este monstruo en cuanto
pueda para construir algo que me guste más, así que
no, no te puedes quedar con Rosedale.

–¿Vas a tirar la casa? –se horrorizó Rowan–. ¿Por
qué? ¿Para hacerme daño?

–¿Para hacerte daño? –se sorprendió Nic frunciendo
el ceño–. No intentes manipularme con melodramas,
Rowan. No, no lo hago para provocar ninguna reacción

en ti. Cuando pienso en los cambios que voy a hacer en mi vida, te aseguro que no pienso en ti en absoluto.

Claro que no. Rowan se dijo que ella también debería actuar así, pero lo cierto era que no lo hacía. De hecho, había vuelto a permitir que las palabras de Nic la humillaran.

–A diferencia de ti, yo no me ando con jueguecitos –continuó Nic–. Lo que he dicho no es una amenaza sino una realidad. Esta casa está muy mal proyectada –añadió–. Si vivo aquí, quiero habitaciones diáfanas, más accesos al exterior y menos escaleras.

–¡Pues no vivas aquí!

–No voy a vivir aquí. Seguiré viviendo en Atenas pero, en helicóptero o en barco, no tardo mucho desde allí. Además, los viñedos de la isla pueden dar mucho dinero. Seguro que es por eso por lo que te gustaría quedarte con esta casa, pero no te lo voy a permitir, no te voy a regalar una propiedad que vale millones solamente porque tu madre consiguió que mi padre le construyera una casa ridícula en esta propiedad. Lo que sí estoy dispuesto a permitirte es que te lleves las cosas que Casandra dejó por aquí... siempre y cuando lo hagas cuanto antes, claro.

Rowan se miró en sus ojos azules y descubrió que no había ninguna emoción en ellos, lo que la dejó sin palabras. No quería procesar lo que estaba escuchando. ¿Nic iba a tirar Rosedale abajo? ¿Le estaba diciendo que se llevara las cosas de su madre deprisa y corriendo? ¿Quería que dejara de tener esperanzas?

Sintió un dolor desgarrador en su interior.

–¡No quiero cosas, Nic! ¡Quiero mi hogar y a mi familia!

Se iba a poner a llorar y no quería hacerlo delante de aquel bestia. No era propio de ella retirarse de la lucha, pero por segunda vez en media hora tuvo que huir de él.

Después de haber recorrido la isla con tacones, sus pies ya no podían más y, aunque Rowan quería ir a sus lugares preferidos, tuvo que sentarse en la arena y quitarse las botas. La marea estaba más alta que de costumbre. Claro que ella solo solía ir por allí en verano y estaban en invierno.

La única vez que había bajado a la playa en invierno había sido aquella maldita vez de hacía dos años.

Rowan apartó aquel recuerdo de su mente.

Entonces, se le ocurrió que se le hacía raro estar mirando aquel mar Mediterráneo, el mismo mar en el que su madre y Olief habían desaparecido hacía casi un año.

Estaba empezando a odiar aquella época del año.

Mientras volvía hacia la casa, intentó no sentirse culpable por haberles pedido que fueran a buscarla porque se había roto la pierna y no podía ir a su encuentro. Primero, porque físicamente le resultaba muy difícil con la pierna rota, pero también porque no había querido tener que enfrentarse a Nic.

¡Oh, aquel hombre tan odioso! Lo odiaba. Sobre todo, porque tenía algo de razón. No tenía razón en todo, pero era cierto que tampoco estaba completamente equivocado.

Por supuesto, no contaba con encontrar a su madre y a Olief en Rosedale, pero había querido pasar aquellos días allí porque, precisamente, se cumplía el primer aniversario de su desaparición. Había querido estar cerca de ellos de alguna manera porque los necesitaba, necesitaba su guía y su consuelo.

Y Nic le había dicho lo que ella no quería oír: que

no iban a volver, que ya no podría contar nunca más con su guía y su consuelo.

Su vida se extendía ante ella como el agua, infinita y sin forma. No se sentía tan perdida desde que la habían echado del conservatorio de danza.

Su vida estaba vacía.

No tenía a nadie.

Rowan aspiró el olor a sal y se dijo que no tenía que enfrentarse a todo aquello todavía porque aún no se había cumplido legalmente el año de la desaparición. Daba igual que Nic quisiera obligarla a enfrentarse a la realidad. Todavía no había llegado el momento.

No pudo evitar preguntarse por qué la odiaba tanto y por qué la juzgaba con tantísima dureza. Al fin y al cabo, no eran nada el uno del otro. Cualquiera hubiera dicho que era hijo de Olief porque apenas hablaba de su padre. De hecho, jamás se refería a él de aquel modo. Siempre lo llamaba por su nombre de pila.

Lo único que quería era su herencia y aquello sacaba de quicio a Rowan. Era un egoísta y ella no se lo iba a poner fácil. No quería que fuera el único heredero porque jamás se había esforzado por ser parte de la familia y ahora tampoco quería cuidar de lo único que quedaba de ella: Rowan.

Por lo visto, las relaciones no se le daban bien y prefería mantenerse distanciado. Precisamente, aquel muro de desprecio le había roto el corazón a su padre. No estaba dispuesta a permitir que aquel hombre sin escrúpulos ni sentimientos tirara abajo su hogar.

Rowan llegó al final de la playa y se subió a una roca plana desde la que había una vista maravillosa. Las olas golpeaban con fuerza, el viento le movía el pelo de un lado para el otro, los percebes le cortaban las plantas de los pies y tenía que tener cuidado para no resbalar.

Rowan se acercó al borde teniendo mucho cuidado. Un golpe de mar la mojó hasta media pierna, haciéndola sentir incómoda, pero no lo suficiente como para irse.

Una vez allí, levantó el mentón en actitud desafiante y gritó a la tormenta que se estaba formando como si le estuviera hablando a Nic.

–¡No voy a permitir que me asustes!

Después de haberlo dicho, se sintió mucho mejor. En aquel momento, una segunda ola la mojó hasta la cintura. No fue hasta que una tercera, mucho más grande que las anteriores, la dejó mojada hasta el cuello cuando se dio cuenta de que, tal vez, el adversario que tenía ante sí era más fuerte y difícil de vencer de lo que ella había creído en un primer momento.

Si Rowan se creía que le iba a recoger el equipaje, que se estaba mojando, o que le iba a preparar un té mientras ella tenía un ataque de histeria, iba lista.

Nic se subió a su despacho e intentó olvidarse de ella.

No lo consiguió.

No podía parar de recordar lo que Rowan le había dicho. «Quiero mi hogar y a mi familia». Aquello lo hacía sentirse incómodo.

Nic no se llevaba demasiado bien con su propia madre y, como había oído a Rowan y a Cassandra pelearse muchas veces, había supuesto que su relación tampoco era mucho mejor. Por supuesto, había observado que cuidar a los padres era una necesidad universal y, evidentemente, habría preferido que el suyo hubiera sobrevivido, pero jamás hubiera imaginado que Rowan estaba sufriendo tanto por su desaparición.

Su angustia lo había sorprendido.

Durante el último año, como de costumbre, había intentado no pensar en ella demasiado y, desde luego, tampoco se había preguntado cómo estaba llevando lo sucedido.

Se había concentrado en el trabajo y, así, había conseguido no pensar demasiado. No quería dejarse llevar por las emociones, pues sabía que desear lo imposible era una pérdida de tiempo y que no se podía cambiar nada sufriendo y pasándolo mal.

Nic se acercó a la ventana con el solo propósito de ver cómo iba el tiempo. O eso se dijo. El horizonte estaba negro. Habían pronosticado tormenta. Por eso, había viajado la noche anterior. No había querido tener que navegar con mar picado.

Una tormenta como aquella había derribado el avión de Olief. Cassandra y el despegaron para ir a buscar a Rowan, para rescatarla de una de sus innumerables aventuras. Por su culpa, Nic no había podido llegar a conocer a fondo a Olief. Por su culpa no había podido atisbar aquello de lo que ella, precisamente, le había hablado aquella tarde: la familia.

Tal vez, Rowan no tuviera la culpa de todo, pero, de una manera o de otra, había interferido con los esfuerzos de Nic por conocer a su padre. Demandaba la atención de Olief con su mal comportamiento y los interrumpía cada vez que Nic encontraba un momento para estar a solas con su padre. Por no hablar de que lo distraía con su inoportuno atractivo sexual. Muchas veces había tenido que alejarse de ella para no dejarse llevar.

Nic dejó vagar la mirada por los lugares que sabía que a Rowan le gustaban y a los que solía ir. Sintió cierta preocupación cuando no la vio ni en el cenador ni en lo alto de la colina ni en la playa...

Cuando la vio, maldijo en voz alta.

Qué loca.

Descalzarse no había sido una buena idea, pues le impedía moverse con velocidad entre las rocas afiladas e irregulares para huir de la marea, que estaba subiendo demasiado deprisa.

Rowan apenas veía dónde pisaba. El agua había subido tanto que ya le llegaba por las rodillas y le hacía perder el equilibrio constantemente.

«Por favor, si me oís, ayudadme a volver a la orilla sana y salva», les pidió a su madre y a Olief.

La respuesta a sus plegarias fue una ola inmensa que parecía un muro gris. Rowan se aferró a las rocas y se preparó para el impacto. Se estremeció al oír el rugido del mar y sintió todo el peso del agua sobre la espalda. Salió despedida hacia delante y se hizo daño en las manos y en las rodillas con los moluscos.

Intentó huir a gatas, pero el agua la elevó. Rowan sintió que el corazón se le paraba. La ola la iba a estrellar contra las rocas antes de ahogarla.

Rowan consiguió sacar la cabeza a la superficie para tomar aire y vio a Nic corriendo a todo correr por la orilla.

–Nic... –consiguió llamarlo.

La boca se le llenó de agua.

Nick la perdió de vista cuando el agua se la tragó. Iba corriendo al límite de sus fuerzas, tan furioso que era como si algo ácido lo quemara por dentro. Al mismo tiempo, no podía dejar de preguntarse qué era lo que Dios tenía contra el y por qué le quitaba todo. ¿Por qué le quitaba a Rowan?

Nic vio un brazo que emergía entre la espuma, intentando agarrarse a las rocas. Si el agua conseguía llevársela mar adentro, la proyectaría con fuerza contra las rocas en la siguiente ola.

Rowan estaba haciendo todo lo que podía para salvarse y Nic, también. Se subió al saliente y la vio. Estaba asustada, pero intentaba con todas sus fuerzas que el mar no se la tragara.

En el último momento, consiguió echarse hacia delante lo suficiente como para que Nic la pudiera agarrar de la muñeca. Entonces, tiró de ella y la sacó del agua, la abrazó contra su pecho y la llevó a un lugar más seguro.

Oía el mar embravecido y las olas furiosas a sus espaldas, pero ellos ya estaban en la arena. Nic se paró. Sentía que el corazón le latía aceleradamente. Estaba al borde de la extenuación. Había estado a punto de verla morir.

Rowan se aferraba con fuerza a él, sorprendida de lo cerca que había estado de perecer. También estaba sorprendida de que Nic hubiera llegado justo a tiempo de salvarla y más sorprendida todavía de que hubiera acudido en su ayuda.

Sin embargo, no había dudado. Tenía la ropa tan empapada como ella y le latía el corazón con tanta fuerza como a ella. A medida que Rowan fue recuperando la calma, se fue dando cuenta de la fuerza con la que estaba abrazaba a él.

Se estaban abrazando como almas gemelas.

Rowan elevó el rostro, pero Nic siguió abrazándola con fuerza, estrechándola contra su pecho, manteniéndola tan cerca que Rowan percibía el olor de su loción para después del afeitado. El contacto de sus cuerpos hizo que apareciera un calor que se le antojó placentero.

«Gratitud», pensó apartando el pensamiento de su cabeza inmediatamente.

No era solo gratitud. Daba igual que se hubieran encontrado en aquel mismo lugar hacía dos años y que, en aquella ocasión, hubiera recibido una humillante negativa cuando había sentido lo mismo que estaba sintiendo ahora.

Nic era el único hombre que le afectaba de aquella manera. Había salido con otros hombres para ver si sentía lo mismo por alguno, pero no había sido así. Nic había puesto el listón demasiado alto.

En secreto, eran sus brazos los que quería sentir. Los estaba sintiendo en aquellos momentos y también sentía que sus cuerpos estaban hechos el uno para el otro.

El deseo era emocionante.

Nic la miró a los ojos y se quedó muy quieto. Rowan se preparó mentalmente, pero, en lugar de furia, vio algo cálido en sus pupilas. La expresión de Nic se oscureció y la miró con algo parecido al... ¿deseo?

Imposible. La odiaba.

Aun así, era imposible negar lo que estaba sintiendo en la tripa. La erección de Nic. Su propio deseo le hizo llevar la pelvis hacia delante.

Nic la abrazó con más fuerza sin dejar de mirarla a los ojos. Los dos sabían lo que estaba ocurriendo. Era innegable. Nic sabía que Rowan se estaba excitando. Él estaba excitado y quería que ella lo supiera.

Rowan sintió que la mente se le quedaba en blanco mientras el corazón comenzaba a latirle aceleradamente. La última vez estaba borracha y no veía el rostro de Nic porque este tenía la luna detrás y no le daba la luz. La había besado con pasión, pero la había apartado con la misma fuerza con la que la había abrazado.

No habían llegado hasta donde estaban llegando en aquellos momentos. Rowan sabía muy bien el poder de su atractivo, pero nunca había experimentado de verdad en sí misma el deseo sexual. Era la primera vez que sentía la erección de un hombre y que se sentía tan intrigada y excitada.

Siempre había sabido refrenarse a tiempo. Pero ahora le estaba resultando imposible. Se moría por permitir que Nic la agarrara mientras ella se derretía contra él.

El pánico se apoderó de ella y la hizo retirarse.

–¿Qué haces? –le preguntó.

Se sentía desorientada. A lo mejor era que había tenido aquella fantasía durante demasiado tiempo y ahora estaba viendo cosas donde no existían. Nic jamás había mostrado ningún tipo de deseo hacia ella.

¿De dónde había salido aquella erección? ¿Por qué en aquellos momentos?

Nic dio un paso atrás y Rowan se dio cuenta de que el calor con el que la había mirado momentos antes había desaparecido. Parecía disgustado. La reserva volvió a apoderarse de él y se convirtió de nuevo en el hombre distante y condescendiente que ella conocía.

–Te estoy salvado la vida. ¿Cómo se te ocurre subirte a las rocas con lo alta que estaba la marea? –la recriminó.

–Todo el mundo lo hace –se excusó Rowan preguntándose si lo de la erección habría sido una imaginación suya. Claro que no. Pero acostarse con aquel hombre sería como meterse en una jaula con un tigre. Decidió que, cuando se acostara con un hombre por primera vez, prefería que fuera un gatito domesticado–. ¿Cómo iba a saber que las olas iban a saltar tanto? Nunca las había visto así –añadió cruzándose de brazos.

Al tener la ropa empapada y el pelo mojado, el viento estaba haciendo que se muriera de frío, pero consiguió mantener el mentón elevado en actitud desafiante.

–¿Nunca consultas el parte meteorológico, Rowan? –la increpó Nic mirando al horizonte con las mandíbulas apretadas.

–Hay que estar aburrido para consultar esas cosas –se burló Rowan–. No conozco a nadie que lo haga.

–Yo lo hice antes de venir ayer –la informó Nic–. Hay que tomar precauciones si no quieres sufrir las consecuencias.

–Pues haber dejado que sufriera las consecuencias –protestó Rowan.

De repente, se le ocurrió que estar en el fondo del Mediterráneo sería mucho mejor que tener que soportar un sermón de Nic mientras se congelaba de frío.

–Si tú hubieras desaparecido, como tu madre y mi padre, a lo mejor habría resultado sospechoso –comentó mirándola con dureza–. Me interesa que permanezcas viva hasta que hayas firmado los documentos que he traído. Espero que, en pago por el favor que te acabo de hacer, los firmes –añadió mirándola a los ojos.

–Ni lo sueñes –le espetó Rowan.

Nic se giró. Era evidente que creía que había ganado. Rowan se quedó donde estaba, muy molesta. Le hubiera gustado no moverse, pero tenía mucho frío. Además, estaba empezando a darse cuenta de que se había hecho daño en las manos, en los pies y en las rodillas. Tenía los vaqueros rotos y, a través de uno de los agujeros, se veía sangre en la pierna que se había roto.

No se encontraba bien, así que llamó a Nic, pero él no la hizo caso, se estaba alejando a grandes zancadas hacia la casa, sin mirar atrás.

Rowan lo vio desaparecer en el interior. Era evidente que no le importaba que se hubiera hecho daño o no. Tenía otras cosas más importantes que atender.

Dándose cuenta de que no tenía a nadie a quien recurrir, Rowan apretó los dientes y se dirigió cojeando hacia la casa.

Capítulo 3

P UES haber dejado que sufriera las consecuencias».

Nic salió de la ducha muy enfadado por aquel comentario de Rowan. Aquella mujer estaba programada internamente para realizar comentarios provocativos e increíbles, así que no debía darle la satisfacción de verlo enfadado, pero lo cierto era que aquel día había conseguido ponerlo de muy mal humor.

Y, por si aquello no fuera suficiente, tenía que luchar contra la atracción sexual que sentía por ella.

Nic se secó y se colocó una toalla alrededor de la cintura. Mientras lo hacía, recordó la época en la que Rowan no era más que una adolescente en la que no se fijaba nadie y, mucho menos, él, que ya había cumplido los veinte. Aun así, ella se había empeñado en formar parte de su vida con irritante persistencia. Aquello había hecho que Nic se sintiera alternativamente fascinado y molesto con ella, atraído por su forma de ser aunque también le ponía nervioso que aquella chiquilla creyese que todo el mundo la adoraba... sobre todo Olief.

Nic había decidido entonces no caer bajo su hechizo, pues lo irritaba sobremanera que consiguiera todo con facilidad. A su edad, él se pasaba los veranos deambulando por las habitaciones vacías del internado en el que estudiaba porque Olief no quería que su esposa supiera que tenía un hijo ilegítimo, así que Nic no había empezado a formar parte de su vida hasta que su mujer murió y Cassandra entró en escena.

Gracias a ella, le empezaron a invitar a pasar las vacaciones en casa de su padre, pero, para entonces, Nic había empezado ya a viajar a diferentes rincones del mundo como reportero de guerra, la misma profesión que había elegido Olief.

Cuando recalaba en Rosedale después de alguno de sus viajes, no se producían reencuentros felices y familiares, pero, por lo menos, le servía para entenderse con Olief, que comprendía perfectamente que Nic necesitara retirarse a un lugar solitario y tranquilo porque a él también le había ocurrido cuando había hecho aquel trabajo.

La isla era tan tranquila que Nic siempre volvía, pero las visitas no le resultaban cómodas. Sobre todo porque su padre mostraba mucho cariño hacia Rowan y ella parecía ser el centro de atención de todo el mundo.

Nic había hecho todo lo que había podido para ignorarla y resistirse a ella, pero Rowan se las había ingeniado para penetrar su escudo. En aquellos mismos momentos estaba allí por ella, ¿no? Efectivamente, enfadado porque lo había insultado diciéndole que la podía haber dejado morir tranquilamente.

La verdad era que estaba muy nervioso porque había faltado poco. Nic se dijo que su reacción era normal porque aquella situación le había recordado a otras muertes. La diferencia era que, en las otras ocasiones, había sentido que se le helaba la sangre en las venas mientras que con lo sucedido con Rowan había sentido que la sangre le hervía y, de hecho, había estado a punto de dejarse llevar.

No pudo evitar que se le volviera a endurecer la entrepierna al recordar que Rowan había apretado la pelvis contra él.

Idiota.

Revelarle así su debilidad había sido un gran error por su parte. No había querido hacerlo, pero no había podido evitarlo. Tenerla entre sus brazos después de haberle salvado la vida había sido motivo más que suficiente para dejarse llevar.

Llevaba dos años refrenándose.

Maldición.

¿Por qué parecía hecha para él? Su estatura, sus formas, todo en ella... Rowan tenía un cuerpo delgado pero con curvas, de pechos naturales. Había sentido sus pezones endurecidos por el frío en el torso y le habían recordado a dos piedras. Nic apretó los puños e intentó no imaginarse calentando aquellas piedras con la lengua hasta derretirlas.

Desnudo y completamente excitado, echó la cabeza hacia atrás e intentó luchar contra el destino que lo perseguía desde hacía demasiado tiempo. No recordaba cuándo se había producido el cambio. Había sido en algún momento entre enterarse de que la habían pillado con un chico en el conservatorio y verla salir de la piscina con dieciocho años.

De repente, había dejado de poder ignorarla.

De repente, se le aceleraba el pulso cada vez que la veía.

Luego, Rowan había cumplido veinte años, se había bebido una botella entera de champán ella sola y, como él era el único hombre que había a mano, se había interesado por él.

Nic había intentado no sucumbir a la tentación y había huido a la playa, pero ella lo había seguido. Nic tenía normas. Para empezar, jamás iniciaba una relación con una mujer borracha. Por mucho que la mujer insistiera.

Rowan se había empeñado y Nic había sucumbido a un momento de debilidad. Un beso. Había besado a una jovencita temeraria que necesitaba que alguien le diera una lección, había entreabierto la puerta al paraíso carnal.

Y Olief los había visto desde la casa. Lo que no vio fue que Nic apartó a Rowan y le leyó la cartilla. Para cuando llegó a la playa, encontró a la hija de su novia subiendo hacia la casa dando tumbos.

Aquella fue la primera vez que Nic consiguió quedarse a solas con su padre y jamás olvidaría sus palabras.

«¿Qué te propones, Nic? ¿Te quieres casar con ella?».

Se lo había dicho en tono sarcástico y enfadado, lo que había herido profundamente a Nic. Era evidente que no se fiaba de él y que quería proteger a Rowan. Además, a Nic le pareció que lo estaba retando. Era evidente que no lo aceptaba como hijo y, menos, como yerno.

Aquella había sido la peor humillación de su vida. Había sido muy doloroso. Nic estaba convencido de que Rowan lo había planeado todo y quería vengarse de ella, pero su cuerpo lo había traicionado en cuanto había leído en sus ojos que Rowan lo deseaba. Había sido un potente afrodisíaco que había disparado el volcán de la lujuria que pulsaba en su interior.

Ahora que había visto que ella también se sentía atraída sexualmente por él, Nic no podía controlarse.

Maldición.

Rowan era...

¿Qué? Nic abrió los ojos. No, Rowan ya no era demasiado joven. Ya no. ¿Pero no estaba, acaso, fuera de su alcance? ¿Según quién? ¿Olief? Estaba muerto y, si estuviera vivo y supiera la cantidad de hombres con los que se había acostado su querida Rowan, a lo mejor no la defendía con tanto ahínco.

En cuanto a casarse con ella, Nic no quería casarse ni con Rowan ni con nadie, pero, desde luego, no con Rowan. Lo que quería de ella era saciar su apetito y seguir adelante con su vida.

Lo cierto era que el deseo lo atenazaba y estaba dando al traste con sus resistencias, con aquellas corazas que le habían servido durante todos aquellos años. Se estaba abriendo ante él una posibilidad que le atraía sobremanera.

¿Qué lo retenía? Nada. No había nada que le impidiera tenerla. ¿Por qué iba a refrenarse una vez más? Rowan llevaba años buscándolo.

Nic se estremeció de necesidad. Jamás actuaba por impulso, pero en aquellos momentos todo en él quería ir a buscarla. Nic apartó aquella necesidad y se dijo que debía mostrarse disciplinado y lógico.

Maldijo a Rowan.

Se dijo que no había ido a Rosedale para saciar un apetito que llevaba años persiguiéndolo. Había ido hasta allí para ganarse lo que de verdad quería, a saber, su derecho a ser el heredero del imperio de telecomunicaciones de Olief. No por ser su hijo sino porque se lo había ganado.

Nic se puso un jersey y unos vaqueros e intentó ignorar el deseo que todavía sentía por Rowan, aquella mujer que le alteraba el pulso.

Seguro que no firmaría los documentos y sabía que podía manejarlo a través de su libido. Sentía el cuerpo completamente dolorido por lo que le estaba negando, pero se obligó a recoger la ropa mojada.

En aquel momento, se dio cuenta de que Anna ya no trabajaba allí y pensó con arrogancia que encargarse de las lavadoras y de otras tareas domésticas sería una buena lección para Rowan.

Realmente, quería castigarla. Rowan lo había estado atormentando durante años. Tenía derecho a vengarse de ella. Por lo menos, que aprendiera que tenía que ganarse el sustento. Estaba preguntándose cómo se lo iba a hacer pagar exactamente cuando vio huellas de sangre en el suelo del vestíbulo.

Rowan sacó la cabeza de debajo del grifo de la ducha.

–¿Nic?

–¡Rowan! ¿Qué demonios pasa aquí? –lo oyó gritar.

Había abierto la puerta del baño con fuerza y allí estaba, al otro lado de la mampara, como un sargento de caballería.

Rowan se apresuró a darse la vuelta, pero no podía dejar de pensar en que estaba desnuda delante de él. ¿Cómo había sabido qué habitación ocupaba?

–¡Fuera ahora mismo de aquí! –le gritó tapándose estratégicamente el cuerpo.

–¿Qué has hecho? ¡Hay sangre por todas partes!

–Oh, ¿te he estropeado la preciosa madera de la escalera que vas a hacer pedazos? En cuanto deje de desangrarme, te prometo que la limpiaré, pero, de momento ¡vete ahora mismo!

Nic dio un terrible portazo al salir.

Rowan se miró las manos. Las tenías peor de lo que creía. Le estaba doliendo limpiarlas, pero tenía que hacerlo. Tampoco tenía bien los pies, pero lo que más le preocupaba era la pierna. Le dolía tanto que estaba apretando las muelas sin darse cuenta. Desde luego, andar tanto como había andado aquel día tampoco le había ido bien.

Le daba miedo mirar, pero tenía que hacerlo. No tenía a nadie a quien pedirle ayuda. Rowan puso los ojos en blanco y se dijo que no debía caer en el victimismo. Mientras se enrollada una toalla alrededor del cuerpo, recordó que su madre, aunque hubiera estado allí, tampoco la habría ayudado.

Pero, tal vez, Olief...

Rowan se sentó en un taburete para secarse mejor. En aquel momento, se abrió la puerta de nuevo.

–¡Por favor! –exclamó llevándose la mano al pecho.

Ya estaba suficientemente confundida como para tener que aguantar, además, la potente energía masculina de Nic, que la había excitado en la playa y la acababa de ver desnuda en la ducha.

Parecía que dudaba, pero Rowan tuvo la sensación de que se estaba preparando para un desafío. Qué raro. Siguió mirándolo, pero lo único que vio fue que Nic le había llevado vendas, algodón y tiritas y lo estaba dejando sobre la encimera.

–Supongo que te habrás arañado contra las rocas –comentó.

–Elemental, mi querido Watson –contestó Rowan.

–¿Quieres ayuda o no? –le espetó Nic.

Rowan alargó una mano a regañadientes.

–No sé por qué quieres ayudarme –contestó.

–Yo, tampoco –le aseguró Nic arrodillándose ante ella–, pero soy un hombre adulto y los adultos nos responsabilizamos de lo que ocurre a nuestro alrededor y no nos comportamos de manera egoísta.

–¿Lo dices por mí? Tengo veintidós años, así que yo también me considero una adulta –le aseguró Rowan pensando que sonaba como una niña repipi.

–Sí, de lo más adulta –comentó Nic con ironía.

–Efectivamente –remachó Rowan mientras dejaba que le colocara una tirita en la muñeca.

No pudo evitar que se le acelerara el pulso al sentir los dedos de Nic en contacto con su piel. En aquel momento, sus miradas colisionaron y Rowan se sintió transportada entre sus brazos, mojada y temblorosa en la playa, sintiendo su erección. Al instante, sintió que un intenso calor se apoderaba de ella. Debería haberse sentido disgustada, pero, para su vergüenza, se sentía completamente revitalizada por la tensión sexual que había en el aire entre ellos.

–Sí, de lo más adulta –repitió Nic besando la tirita que le acababa de colocar.

Rowan se apresuró a retirar la mano.

–¿No quieres? Vaya, esto no es propio de ti, Ro.

Rowan sintió que el corazón comenzaba a latirle aceleradamente, pero se dijo que aquel hombre podía ser de lo más rudo.

–¿Qué haces, Nic? –le preguntó intentando inútilmente disimular su excitación–. ¿Intentar seducirme torpemente para que te firme esos documentos?

–Te aseguro que no tengo nada de torpe. Sé perfectamente lo que hago cuando quiero seducir a una mujer –le aseguró Nic mirándola como si no estuviera envuelta en una toalla.

–Te estás pasando –lo avisó–. Seguro que otras caen rendidas a tus pies, pero yo, no –añadió recordando la cantidad de veces que lo había provocado con sus miradas y sus sonrisas–. Ya te puedes mostrar todo lo solícito que quieras, pero a mí no me engañas porque sé perfectamente que no me deseas. Ni siquiera te caigo bien.

–Una cosa no quita la otra –contestó Nic tan tranquilo.

El hecho de que hubiera admitido tan tranquilamente que no le caía bien, pero que eso no impedía que la deseara debería haberla enfadado, pero lo que le produjo fue una excitación sobrenatural.

–Es cierto que quiero que firmes los documentos, pero eso no quita para que también me sienta atraído por ti físicamente –ahondó Nic–. La química entre nosotros es innegable.

–Y tiene que aparecer justamente hoy, ¿no? Qué raro, hace dos años no sentías lo mismo, ¿verdad? –se burló Rowan.

«Cállate, Rowan», se recriminó a sí misma.

–¿Quieres rememorar aquello? –le preguntó Nic agarrándola de la nuca e inclinándose sobre ella.

Rowan intentó decir que no, pero le fue imposible, pues la boca de Nic se lo impedía. En esta ocasión no había champán ni playa ni nada, solo un hombre besándola con fuerza, con intensidad, demandando lo que era suyo, un hombre que estaba ejerciendo el control.

Y ella le estaba dejando porque... besaba tan bien. Casi percibía su desprecio en su beso, su exigencia de que debía darle lo que él quisiera, pero, a la vez, besaba bien. Besaba tan bien que la estaba llevando donde quería a pesar de que Rowan sabía que no debería dejarse llevar.

Su ser interno se expandió hacia él, buscando una complicidad. Rowan gimió. Sus necesidades más primarias se estaban abriendo paso. Era Nic. No la deseaba. Solo estaba jugando con ella. Sí, pero era Nic. Llevaba años soñando con aquello.

Rowan sentía sus labios y su lengua, toda su boca, besándola, cautivándola, excitándola. Le pasó los brazos por el cuello. Quería más. Aquello era una locura. Rowan se dio cuenta de que Nic pretendía seguir... llegar hasta el final.

Sintió que el corazón le daba un vuelco. No debía permitirlo, pero lo anhelaba. Nic le puso las manos en las lumbares y se apretó contra ella, obligándola a abrir las piernas y a abrazarlo por la cintura. Su espinilla se golpeó contra el lavabo y Rowan sintió un fuerte dolor que la hizo dar un respingo.

Oh, Dios mío, ¿Qué estaba haciendo?

Nic necesitaba arrastrar a Rowan con sus besos y, desde allí, llevársela al dormitorio o poseerla allí mismo, en el suelo, si hacía falta. Oía sus jadeos y sentía su fuerza, pero, cuando la agarró de la mandíbula para volverla a besar, no pudo evitar fijarse en que había palidecido de repente.

Rowan se inclinó para mirarse la pierna y lo apartó poniéndole la mano en el pecho. Nic siguió su mirada y lo que vio lo dejó helado. Rowan tenía unas cicatrices terribles en la espinilla. Aquello hizo que el deseo sexual quedara en un segundo plano. Las líneas blancas se cruzaban unas con otras. Le puso una mano en la corva y otra en el tobillo y observó atentamente los daños. Además de la zona de la espinilla, también tenía cicatrices en los pies. Los dedos estaban retorcidos y las uñas, rotas.

—No —le dijo ella flexionando los dedos de los pies.

—¿Te duele? —le preguntó Nic viendo que las cica-

trices evidenciaban que las lesiones habían sido reite-
radas.

–Llevo viviendo con dolor en las piernas y en los
pies toda la vida, así que apenas lo siento ya –contestó
Rowan–. No me gusta que nadie me vea los pies. Los
tengo muy feos –protestó.

–No los tienes bonitos, desde luego –contestó Nic
acariciándole un callo terrible que debía de haber tar-
dado años en formarse–. ¿Esto es de bailar?

–Sí, nos salen a todas –contestó Rowan a la defensiva, intentando zafarse de él.

Nic no se lo permitió. No sabía por qué, pero estaba
enfadado. Comprendía que la cicatriz grande había sido
fruto del accidente, pero las otras...

–¿Por qué te has hecho esto a ti misma? –le preguntó–. He visto a soldados con los pies mejor que tú
después de un mes entero de marcha.

Rowan se sonrojó y se apartó un mechón de pelo de
la cara.

–Es parte del proceso. Los tengo mucho mejor
desde que no bailo.

–Dejaste de bailar porque te rompiste la pierna –recapacitó Nic.

De repente, pensó en lo que debía de haber pasado.
Le acababa de decir que vivía con dolores constantes.
Entonces, recordó que su madre solía echarle en cara
lo lenta que era y que ella siempre contestaba que hacía
lo que podía. Se le ocurrió que la imagen de vaga que
tenía de ella se la había forjado a través de aquellos comentarios de Cassandra. Normalmente, no se dejaba
llevar por las opiniones de nadie sino que formaba la
suya propia, pero, para mantener las distancias con Rowan, le había venido bien dejarse llevar por aquellos
comentarios sin fundamento.

–¿Cuántas veces te han operado? –quiso saber.

–Tres. La verdad es que estoy un poco preocupada por los tornillos que me pusieron en la última intervención –confesó–. Me están doliendo mucho y creo que es porque se han podido mover de sitio –añadió mordiéndose el labio inferior–. ¿Me lo miras, por favor?

Nic comprendió que estaba intentando controlar el dolor y que debía de ser muy fuerte. Haciendo de tripas corazón, palpó la pantorrilla de Rowan. Aunque tocarla estaba siendo un placer, Nic se dijo que no era el momento de dejarse llevar por el deseo y se concentró en determinar si se había vuelto a romper algo.

–Parece que todo está en orden –declaró–. ¿Vas a volver a bailar? –le preguntó a pesar de que ya sabía la respuesta a aquella pregunta.

Rowan se palpó la espinilla también. Lo hizo en silencio.

–No me voy a volver a subir a un escenario.

Aunque sabía que le iba a decir algo así, a Nic no le resultó fácil asimilar la respuesta. De hecho, sintió pena por ella. Como periodista que era, se había pasado la vida preguntándole a la gente cómo reaccionaba ante un acontecimiento determinado, pero nunca le había preguntado a nadie cómo se sentía ante algo que le estaba ocurriendo.

Le hubiera gustado preguntárselo, pero prefirió mantener las distancias.

–En cualquier caso, nunca quisiste bailar, ¿no? De hecho, siempre estabas discutiendo con tu madre por lo mismo. Supongo que te alegrarías cuando dejó de insistir para que fueras a ese conservatorio tan bueno.

–Sí. La verdad es que fue un gran alivio cuando admitieron que jamás volvería a tener el nivel que tenía antes del accidente y me pidieron amablemente que dejara mi plaza a otra bailarina que tuviera los huesos enteros y a la que realmente le apeteciera bailar –se burló Rowan.

–¿A qué te refieres cuando dices que admitieron que jamás volverías a tener el nivel que tenías antes del accidente? –se extrañó Nic.

–Mi profesora era muy amiga de mi madre y sabía que a mi madre no le haría ninguna gracia que me pasara años y años entrenándome para nada, pero también sabía, y yo también, que antes del accidente yo ya había alcanzado mi máximo potencial, que no podría pasar de allí y que no era lo suficientemente buena. Aun así, me obligó y yo lo intenté hasta que mi tobillo no pudo más. Al final, acordamos que yo era un fracaso total y que mi madre jamás se enteraría.

Nic no quería verse afectado por el dolor que vio en los ojos de Rowan, pero no pudo evitarlo. Sí, era cierto que Rowan tuvo que dejar de bailar, pero no por que se rindiera fácilmente sino porque era realista y sabía cuáles eran sus limitaciones.

Aquella reflexión hizo que Nic se preguntara en qué otras cosas se habría equivocado con ella.

–Si no te gustaba bailar, ¿por qué lo hacías? –le preguntó.

Rowan permaneció en silencio un momento.

–¿Por qué elegiste tú la misma profesión que tu padre? –lo retó.

Nic decidió contestar sinceramente.

–Sentía curiosidad por él, quería conocerlo, así que decidí dedicarme a lo mismo que él –contestó encogiéndose de hombros–. Nunca tuve la intención de emularlo. ¿Y tú con tu madre?

–No –contestó Rowan–. Puedes considerarte afortunado de que nadie supiera de quién eras hijo cuando empezaste a trabajar. Así, pudiste demostrar tu valía personal. A mí, sin embargo, me obligaron a bailar porque les parecía gracioso. Así, mi madre podía sobresalir. Ella pudo dejarlo cuando empezó su relación con tu padre, pero yo todavía tenía que desarrollar todo mi potencial, según solía decir ella.

Nic frunció el ceño. Descubrir que había juzgado con demasiada dureza a Rowan lo estaba haciendo sentirse mal, pero se dijo que no debía olvidar que tenía que hacerse con el control completo de Marcussen Media. Necesitaba que Rowan le firmara los documentos, que madurara y se hiciera responsable, no que fuera por toda Europa de fiesta en fiesta a sus expensas.

Rowan se dio cuenta de que Nic comenzaba a mirarla como siempre lo había hecho y supuso que lo hacía porque nadie en su sano juicio hablaba mal de Cassandra O'Brien y, menos que nadie, su hija.

Desde luego, una buena hija se guardaría su rabia y no traicionaría a su madre una vez que esta hubiera muerto.

–No la odiaba por haberme obligado a bailar –murmuró Rowan–. Lo entendía. Ella tenía mi edad cuando me tuvo a mí y lo único que sabía hacer era actuar, pero es muy difícil actuar cuando tienes que ocuparte de una niña y ella no tenía ningún tipo de ayuda. Su familia se olvidó de ella cuando mi madre se fue de casa para hacerse actriz. Mi madre siempre fue una superviviente –añadió mirándolo y viendo que Nic no la miraba con simpatía precisamente.

Se estaba distanciando de nuevo. Rowan apretó los dientes y recordó la cantidad de veces que le había echado en cara a su madre lo que había hecho para conseguir comida y manutención para ambas. Rowan no podía olvidar la cantidad de hombres que habían pasado por su casa y que su madre siempre se había preocupado más de su propia supervivencia que la de su hija, una hija a la que no había dudado en explotar.

Rowan salió de sus pensamientos al sentir que Nic le estaba colocando una tirita en el pie.

—¿Qué vas a hacer ahora?

—La pregunta del millón —contestó Rowan—. No lo sé. La verdad es que no tengo mucho que ofrecer en el mercado laboral.

—Ya se te podía haber ocurrido eso antes, cuando dejaste el conservatorio, en lugar de haberte paseado por ahí con toda esa basura de gente.

Eso le dolió. Aunque lo cierto era que Nic tenía algo de razón. Rowan no se había dado cuenta de lo superficiales que eran la mayor parte de sus amigos hasta que había intentado apoyarse en ellos y lo único que había conseguido había sido que la aconsejaran que ahogara sus penas en alcohol, lo que Rowan había hecho gustosamente hasta que se había dado cuenta de que, si seguía por aquel camino, se convertiría tarde o temprano en un ser tan horrible como su padre. Aquello le había dado tanto miedo que había dejado de beber y había vuelto a su vida normal, pero no se podía creer que Nic se lo echara en cara después de lo que le acababa de contar.

—No sabía qué hacer ni a dónde ir, no quería volver a esta casa vacía, así que me fui a vivir con unas amigas. ¿Qué querías que hiciera? ¿Que me fuera a vivir contigo, hermano mayor?

Nic asintió imperceptiblemente.

—A lo mejor no lo hice bien, pero lo hice lo mejor que pude —se defendió Rowan.

—Solo piensas en ti, Rowan —le reprochó Nic poniéndose en pie y comenzando a guardar las vendas y las tiritas.

Rowan se dijo que aquel hombre no la comprendía en absoluto y se puso en pie. Al hacerlo, tuvo que apoyarse en la pared porque le dolía todo el cuerpo.

–No me ves más que como a una narcisista, ¿verdad? –le preguntó.

Aquello era completamente injusto.

–Supongo que no tuviste más remedio que pasar una semana en St. Moritz el año pasado para celebrar tu cumpleaños –se burló Nic.

Eso había sido porque no había querido ir a casa y arriesgarse a volver a verlo después de lo que había sucedido el año anterior.

–Y tu padre y mi madre se montaron en ese maldito avión porque yo me había roto una pierna. ¿La tormenta también fue culpa mía? –le preguntó Rowan con voz trémula–. ¿Tendría que haber consultado el parte meteorológico antes de permitir que aquel esquiador borracho me llevara por delante?

Nic se dio cuenta de que Rowan lo estaba pasando mal, pero no quería, no se podía permitir, suavizarse con ella porque sabía que aquello solo lo llevaría a la locura y al dolor, así que se apartó de Rowan y de la confusión que estaba despertando en él.

Era mucho mejor tenerla por una joven inmadura y egocéntrica. De lo contrario, no iba a tener más remedio que redefinir la imagen que tenía de ella, de él y de todo lo que había pasado entre ellos desde el primer día.

–¿Crees que yo no me odio por ello? –sollozó Rowan–. ¿Por qué crees que me niego a aceptar que están muertos? A lo mejor tienes razón, a lo mejor tengo que hacerme responsable de mis acciones, pero no quiero ser responsable de sus muertes, Nic.

Nic sintió que el corazón se le encogía.

–Olief decidió despegar a pesar del mal tiempo –murmuró decidiendo que no podía permitir que Rowan cargara con aquello–. No fue culpa tuya.

–¿Ah, no? –insistió Rowan.

Era evidente que necesitaba apoyo.

–No –le aseguró Nic–. Supongo que necesitarás ropa –añadió saliendo del baño.

Ya no podía más.

Necesitaba distanciarse de ella.

Iba por el pasillo cuando se dio cuenta de que había ido a Rosedale con la intención de echar a Rowan de allí, no de animarla a que se instalara.

Rowan se puso unas mallas y una camiseta mientras recordaba el consuelo que le había proporcionado Nic diciéndole que Olief había decidido despegar a pesar del mal tiempo. En aquel momento, Nic volvió a entrar en su habitación y dejó su equipaje junto a la cama.

–Quiero que quede claro que esto no es un «todo incluido». Te puedes quedar unos cuantos días, pero, luego, te tendrías que ir. Mientras estés aquí, en mi casa, quiero que cocines, limpies y te encargues de la ropa.

Rowan tuvo que darle la espalda para que Nic no se diera cuenta del dolor que le producía que volviera a tratarla con tanto desprecio.

–He venido para el aniversario –lo informó–. No pienso irme antes –añadió con seguridad–. Si se te ocurre intentar echarme antes, te hago trizas –lo amenazó.

Nic enarcó las cejas en actitud burlona.

Rowan se sabía más débil física y económicamente que él. Aunque se mostraba fuerte por fuera, lo cierto era que por dentro era muy frágil. Por eso, había vuelto a Rosedale, porque aquel sitio había sido una constante en su vida y necesitaba un centro desde el que seguir adelante.

—Este es mi único hogar, Nic, el único que he conocido. Aunque no seamos parientes de verdad, en esta casa es donde nos solíamos reunir como familia y, ahora mismo, eso es lo que necesito —le dijo en tono tranquilo, negándose a suplicar—. Está en tu mano permitírmelo.

Nic apoyó un brazo en el marco de la puerta y sonrió con desprecio.

—Cuánto sentimentalismo —comentó—. ¿Qué ganas estando aquí un día que no significa más que cualquier otro? —quiso saber—. Han muerto. El hecho de que tú estés aquí en lugar de en Londres o en el Congo no va a cambiar eso.

Rowan se giró hacia él pensando en lo insensible que era aquel hombre.

—Me consuela estar aquí —contestó con un hilo de voz—. Claro que tú te puedes ir a Atenas, si quieres.

—Qué más quisieras —sonrió Nic—. No, me voy a quedar. Incluso puede que te deje quedarte hasta el aniversario si prometes firmar los documentos cuando hayas terminado de poner velitas por las ventanas.

—¿Por qué lo dices en un tono tan despectivo?

—Me estoy mostrando de lo más magnánimo —se defendió Nic—. ¿Prefieres firmar ahora mismo?

—Qué bonito —le escupió Rowan—. Sabía que eras difícil, Nic, pero no sabía que fueras despiadado —se quejó.

—Pues ahora ya lo sabes —dijo él sin acritud.

—¿Y quieres que haga de doncella mientras esté aquí? Como si fuera La Cenicienta... —protestó.

—Así pagarás por tu estancia —le recordó Nic—. ¿O

preferirías hacerlo de otra manera? Seguro que tu madre te enseñó alguna de sus dotes de supervivencia –le sugirió.

–¿Te refieres a acostarme contigo? ¡Ni en sueños! ¡No quiero nada contigo!

Nic enarcó las cejas. De repente, fue como si la volviera a besar. La atracción sexual se expandió. Rowan sintió que el corazón comenzaba a latirle aceleradamente.

–Lo de mi madre con Olief no fue así –se defendió–. Lo quería de verdad.

–Déjalo ya, Ro. Yo también he tenido amantes. Sé lo que es –le dijo con voz cansina a la vez que la miraba de arriba abajo e iba dejando un reguero de lujuria en sus pechos, en su tripa y entre sus piernas–. *Quid pro quo* –añadió sonriendo con desdén–. No es amor.

Aquellas palabras hicieron mella en Rowan. Concretamente, entre su garganta y su corazón. Supuso que, por un lado, el dolor se debía al hecho de saber con certeza que Nic había tenido varias mujeres, algo en lo que nunca había querido pensar, y, por otro, se trataba de algo más profundo, un sentimiento de pérdida al oír cómo se burlaba del amor.

–Bueno, no me voy a acostar contigo para hospedarme aquí –le aseguró obligándose a elevar el mentón en actitud desafiante a pesar de que le dolía la pierna–. Y tampoco voy a permitir que me seduzcas para conseguir que firme esos documentos –añadió.

Tanta instrucción en París que no le había servido para nada le sirvió en aquella ocasión para salir de la habitación andando con dignidad, con la barbilla alta y los hombros bajos a pesar de que los pies la estaban matando.

Capítulo 4

SEDUCIRLA.

Era un desafío que ningún hombre de sangre caliente querría dejar pasar por alto, ni siquiera uno cuya conciencia estuviera tan torturada como la de Nic.

A pesar de que no podía dejar de recordar las palabras de su padre, tampoco podía dejar de fantasear con la posibilidad de poseer a Rowan. Esencialmente, había accedido a firmar los documentos después del aniversario, así que no necesitaba persuadirla para conseguirlo, pero una voz carnal en su interior seguía urgiéndolo a seducirla por placer personal.

Para vengarse, realmente, pues Rowan se merecía una lección por el numerito que le había montado delante de Olief.

Por no hablar de lo mucho que la deseaba desde hacía años.

Lo que más le apetecía era ponerla al borde del precipicio y luego dejarla tirada, pero sabía que, si empezaba algo, querría terminarlo. En aquel punto errático salió a relucir su instinto de supervivencia y le dijo que no se apresurara, que si jugaba con fuego se podía quemar y, desde luego, aquella mujer tenía fuego por dentro.

Como había cambiado de planes y que ahora se iba a quedar allí durante un par de semanas, pasó la tarde reorganizando a su gusto el despacho de Olief para poder trabajar mejor, lo que no consiguió, pues, a pesar de que Rosedale era una casa grande y silenciosa, Nic tenía muy presente que había otra ocupante en ella.

«Debo olvidarme de Rowan», se ordenó a sí mismo, pero tenía otras distracciones.

La tormenta había estallado por fin y el viento y la lluvia agitaban las ventanas. Además, tenía hambre, lo que le hizo recordar que no había comido a la hora del almuerzo. Tenía que aprobar aquel proyecto y devolvérselo al vicepresidente mientras se lo permitiera la diferencia horaria.

En aquel momento, un rayo iluminó el ventanal y, acto seguido, el estruendo de un trueno reverberó por toda la casa. Después, se fueron las luces y todo quedó sumido en la oscuridad.

Nic maldijo en voz alta. La instalación eléctrica de la casa era nueva, así que no había nada que temer a ese respecto. El encargado de los viñedos investigaría por qué se había producido el corte de corriente y lo informaría. Lo único que había perdido había sido la conexión inalámbrica y el ordenador de sobremesa porque el portátil todavía tenía batería, así que siguió trabajando en el informe con él.

—¿Nic? —lo llamó Rowan desde la puerta.

La luz de una vela iluminaba su rostro, confiriéndole un halo de lo más dulce.

Nic se arrellanó en su silla, la miró y decidió que, si decidía seducirla, lo iba a hacer por el puro placer de hacerlo.

—¿Te dan miedo las tormentas? —bromeó.

—No, he venido porque he pensado que, a lo mejor, te habías quedado a oscuras —contestó Rowan dejando la vela la sobre su mesa—, pero ya veo que estás perfectamente equipado.

–Gracias por darte cuenta –contestó Nic viendo que Rowan enrojecía ante su falta de tacto–. Estoy bien. Estoy trabajando –añadió volviendo la mirada hacia el ordenador para escapar a la tentación.

Sin embargo, no pudo evitar percibir por el rabillo del ojo que Rowan deambulaba por el despacho y se acercaba a la ventana. Después, caminó hacia las estanterías llenas de libros.

–Te dejo mi tableta, si quieres leer. Tengo muchos libros dentro –le ofreció.

–Si tengo tiempo de leer, tengo tiempo de practicar –contestó Rowan de carrerilla, como si fuera una frase memorizada mucho tiempo atrás–. Lo mismo puedo decir de ver la televisión... claro que ahora mismo no podría verla aunque quisiera –añadió apartándose de las estanterías–. Ya he hecho mis ejercicios. No puedo forzar la pierna, no quiero hacerle daño. Iba a hacer algo de cenar, pero no hay nada en el frigorífico y, además, no hay luz.

–He venido en barco –le recordó Nic sintiendo que su cuerpo reaccionaba involuntariamente a la forma de moverse de Rowan, que parecía una hoja que se deja llevar por la corriente de agua.

–He tenido suficiente mar por hoy, gracias –contestó Rowan acercándose a una lámpara y acariciándola como si fuera un ser humano.

¿Qué tenía aquella mujer que hasta los objetos inanimados cobraban vida por el solo efecto de su cercanía? Siempre había sido así. Rowan era una mujer muy bonita, de piel blanca como la nieve y cabello negro como el azabache, rasgos de una suavidad perfecta y cuerpo maravillosamente proporcionado, pero no era todo eso lo que le daba su poder. Había algo más innato, algo que era natural en ella, la promesa de la felicidad si reparaba en ti.

Nic apartó aquellos pensamientos tan raros de su mente y se dijo que él no era de los que se dejaba engatusar, que no necesitaba la atención de nadie para sentirse importante.

Enfadado consigo mismo, hizo lo que siempre hacía cuando Rowan ocupaba su espacio: fingió que la ignoraba a pesar de que notaba el calor que irradiaba su cuerpo desde el otro extremo de la habitación.

Era su libido, a la que no había prestado mucha atención en el último año. Efectivamente, apenas se había acostado con alguna mujer últimamente y su cuerpo lo echaba de menos.

–Yo con un par de sándwiches fríos tengo suficiente –comentó–. Tráemelos aquí para que pueda seguir trabajando.

–Esto me recuerda algo que me gustaría haberte dicho antes –contestó Rowan acercándose hacia él–. Quería hablarte de lo que has hecho por Olief, de cómo estás haciéndote cargo de sus cosas. Lo estás haciendo muy bien. Estoy segura de que te lo agradecería.

El inesperado cumplido rompió los esquemas de Nic. Nadie le había dicho jamás que era un buen hijo. Desde luego, Olief no lo había hecho nunca. Aquel comentario por parte de Rowan fue la lanza que consiguió adentrarse en sus entrañas y dar al traste con las corazas que protegían su mayor vulnerabilidad.

Nic sintió que le faltaba el aire, pero pronto consiguió recuperarse, al recordar que no era la primera vez que veía a Rowan utilizar sus dotes y su carisma para ganarse la aprobación del mismo Olief. Se adoraban el uno al otro y era evidente que ahora Rowan estaba buscando a otro admirador.

–No lo hago por él –le aseguró con brusquedad.

–Pero... entonces, ¿por quién lo haces? –le preguntó Rowan confundida.

–Por mí. Llevo diez años dejándome la piel en sus empresas, haciéndome cargo de las publicaciones virtuales sobre Oriente Medio. Le dejé claro desde el principio, pues yo ya tenía mi carrera profesional bien asentada, que tenía mis propias ambiciones. Cuando desapareció, no me había nombrado su heredero ni yo ocupaba un cargo directivo en la sucesión jerárquica, pero los dos sabíamos que yo quería ocupar la presidencia.

–¡Pues claro que eres su heredero! –le aseguró Rowan.

A Nic le entraron ganas de reírse amargamente, pues estaban hablando de un hombre que no le había hablado a su hijo hasta que Nic se había acercado a él en una entrega de premios y le había dicho «creo que usted conoce a mi madre».

–No sabremos quién le ha heredado hasta que no lo declaremos muerto y abramos su testamento. A lo mejor, os dejó su fortuna a tu madre y a ti.

Rowan negó con la cabeza.

–Tú eres su hijo. Estoy segura de que te habrá dejado sus negocios a ti porque tú sabes manejarlos y podrás continuarlos. Seguro que te lo ha dejado todo a ti. Bueno, tal vez todo menos Rosadale –añadió.

–Los terrenos en los que se construyó esta casa se compraron como una inversión, para urbanizar –le explicó Nic–. Por lo que yo sé, siguen figurando en los activos de la empresa.

–¿Eso quiere decir que están bajo tu control mientras tú ocupes la presidencia?

–Exacto.

Los hombros de Rowan se cayeron un poco, pero

sus pechos siguieron erguidos hacia delante, como los de una guerrera. Para ser tan menuda, tenía unas curvas maravillosas. Nic se dio cuenta de que le parecía que había ganado en curvas, de hecho, desde la última vez que la había visto, lo que le parecía estupendo.

—Si su heredera fuera yo, podría despedirte —le espetó de repente, mirándolo con desdén.

A Nic le entraron ganas de arrancarle la cabeza, pero se dijo que no debía permitir que aquella mujer le hiciera perder la paciencia.

—Llevo un año demostrándole al consejo de administración que soy el candidato perfecto para el trabajo y no van a cambiarme por una niña mimada... a pesar de lo bien que se te da, como todos sabemos, encandilar a hombres mayores.

—No me subestimes —contestó Rowan sonriendo de manera picarona—. También se me da muy bien encandilar a los jóvenes.

—Sí, es cierto que siempre has conseguido todo lo que te has propuesto, ¿verdad? —contestó Nic con frialdad—. Pero eso se ha terminado.

En aquel momento, recordó sus pies y oyó de nuevo las palabras de Rowan. «¡Quiero mi hogar y a mi familia!». Ojalá la siguiera considerando la diva por la que siempre la había tenido. Entonces, era mucho más fácil.

—¿Tan horrible te parezco, Nic? Es cierto que tu padre me mantenía, pero yo trabajaba, bailar era mi trabajo. No tenía tiempo para buscarme un trabajo de oficina y, sí, es cierto que durante los últimos meses me he excedido un poco en mi forma de vivir, pero eso ha sido porque ha sido la primera vez en mi vida que he sido realmente libre. Como nadie me ponía límites, al final, me he dado cuenta de que me los tenía que poner yo. Creo que es un proceso por el que todos pasamos para hacernos adultos. Satirizas mi forma de vida como si me pasara todo el día comprándome coches y comiendo caviar, pero yo te pregunto: ¿qué he tenido yo que tú no hayas tenido?

En aquel momento, la batería del ordenador portátil de Nic se terminó, sumiendo la estancia en la oscuridad. Los truenos seguían a lo lejos y se oía el ulular del viento y el batir de las olas.

—Menuda pregunta —murmuró Nic poniéndose en pie con impaciencia–. ¿Quieres saber qué has tenido tú que yo no haya tenido? —le espetó acercándose a ella peligrosamente–. ¿Tienes idea de lo que es conocer a tu padre cuando ya eres mayor? ¿Tienes idea de lo que se siente cuando consigues que, por fin, te invite a su casa y te encuentras con que se deshace en halagos con la hija de su amante, una chica que ni siquiera es familia suya, cuando a ti, que eres de su misma sangre, nunca te ha hecho el menor caso? Es cierto que mi madre solo fue la aventura de una noche, no la compañera de varios años, como la tuya, pero Olief sabía de mi existencia desde que nací. Me pagó la educación, pero jamás se pasó por el internado para saludarme. Llegué a creer que era incapaz de sentir el amor de un padre —confesó recordando que aquella había sido la única manera que había encontrado de soportar su indiferencia–. Pero, entonces, vi cómo te trataba a ti.

Rowan pensó en Olief, la única persona en la que podía confiar, la única persona cariñosa que no estaba diciéndole todo el día que tenía que esforzarse más, que comprometerse más, que ser la mejor. Por eso, su desaparición la estaba matando. Lo echaba horriblemente de menos. Lo quería muchísimo.

Y, por lo visto, Nic sentía que todo lo que ella había compartido con su padre se lo había robado a él.

–Ahora entiendo por qué me odias –comentó comprendiendo que, al igual que los demás, Nic había esperado de ella que fuera mejor y que, al igual que le ocurría con los demás, Rowan no sabía cómo ser diferente, pues era como era, así que lo único que se le ocurrió fue hacer lo que hacía siempre: pedir perdón–. Lo siento. Nunca fue mi intención entrometerme entre vosotros.

–¿De verdad? –le espetó Nic con tanta dureza que Rowan sintió que la piel se le ponía de gallina.

Se sentía como si la hubieran pillado haciendo algo malo. Acto seguido, no pudo evitar recordar el beso de aquella tarde. Había conseguido mantenerlo a raya desde que había entrado en el despacho, pero ahora el recuerdo se había apoderado de ella como una droga que no le permitía pensar y que aumentaba sus percepciones físicas.

Rowan sintió un intenso calor en la entrepierna y que se le endurecían los pezones. Percibía el poder masculino de Nic, que la había mirado durante años con odio y aburrimiento, pero que hoy la estaba viendo por primera vez y al que, por lo visto, le estaba gustando lo que estaba viendo... aunque la mirara con el desprecio de siempre.

Claro que, ahora, Rowan entendía por qué la odiaba.

–Me doy cuenta de que os interrumpí a menudo. Por favor, no me juzgues con demasiada dureza por ello –imploró recordando que lo había hecho desesperada por captar la atención de Nic porque, cuando él llegaba, Rowan sentía que el corazón le cantaba de alegría–. Era para que me contaras tus cosas –se excusó recordando que se moría por escuchar su voz–. Tú recorrías el mundo mientras que yo no podía ni salir al jardín sin que me vigilaran. No te enfades conmigo por haber querido vivir a través de tus aventuras.

–¿Aventuras? ¡Era reportero de guerra! ¡Muchas de las cosas sobre las que escribía eran crímenes contra la humanidad! Las mujeres y las niñas, lo que fueras entonces, no deberían oír cosas tan terribles. Se lo contaba a Olief porque él había hecho el mismo trabajo que yo y comprendía que, cuando has visto cosas tan terribles, necesitas descargarte con alguien.

Rowan se sorprendió no solo por sus palabras sino por la expresión sombría que se apoderó de los ojos de Nic. Era sufrimiento. Ella siempre había creído que su trabajo era importante y glamuroso, pero ahora comprendía que no eran solo artículos buenos sino que había vidas humanas detrás.

Aunque Nic trabajaba para hacerse conocido y lo había conseguido, Rowan comprendía que también era un hombre que quería un mundo mejor, un mundo de paz y de justicia. Por eso, probablemente, era tan frío y distante, porque aquel trabajo no lo podía hacer cualquiera.

A Rowan le hubiera gustado ir hacia él y abrazarlo para consolarlo, pero su lenguaje corporal, con los hombros subidos y la cabeza girada hacia un lado, le dejaron claro que Nic no quería que se acercara.

–Siempre me he preguntado por qué eras tan... –¿Distante? ¿Frío? ¿Sombrío?–... callado.

Rowan se miró los pies. Los sentía helados a pesar de la alfombra. Tenía frío por todo el cuerpo. Incluso en el corazón.

–Di algo –le pidió–. No me habría interpuesto entre Olief y tú si hubiera sabido cuánto lo necesitabas –le aseguro.

–¿No? –insistió Nic.

–¡Claro que no! No soy tan egoísta como tú te crees. Si tu padre y tú hubierais podido tener una buena relación, eso no habría influido en absoluto en la que yo tenía con él, no me habrías quitado nada.

–Entonces, ¿por qué montaste aquel numerito para que nos viera en la playa y me echara una buena bronca? Aquello fue un golpe bajo incluso para alguien tan asquerosa como tú –le recriminó con tanta dureza que Rowan sintió que le temblaban las piernas.

–¿Nos vio? –se sorprendió.

La única persona que la aceptaba tal y como era había presenciado su absurdo intento de conseguir la atención de un hombre y la humillación que había vivido al no obtenerla. A Rowan le hubiera gustado hacer un agujero en el suelo y desaparecer. Como no podía hacerlo, se cubrió el rostro con las manos

–¡No finjas que no lo sabías! –exclamó Nic.

–¡Pasé a su lado en el camino, pero no sabía que nos había visto! –le explicó Rowan mirándolo con determinación–. ¿De verdad crees que iba yo a querer que alguien me viera comportarme de aquella manera tan ordinaria? Pero si apenas puedo soportar mirarte a la cara mientras hablamos de ello –protestó.

–Entonces, ¿por qué lo hiciste? –quiso saber Nic mirándola con frialdad–. Espero que tuvieras una buena razón, Rowan, porque Olief me hizo sentirme como un pervertido, me dijo que los hombres como yo no deberíamos acercarnos a las chicas como tú. ¿Qué demonios querría decir eso? ¿Hombres como yo? ¿Lo diría por la edad? ¿O porque no soy lo suficientemente bueno para ti? Después de aquello, apenas volvimos a hablarnos.

Rowan sintió que se le hacía un nudo en la garganta y se sintió mal consigo misma. Tenía que conseguir que Nic saliera de su error porque no podría vivir de otra manera.

–Lo hice porque... porque quise –confesó sonrojándose como un tomate.

–¿Por qué querías hacer qué? ¿Querías que pareciera un oportunista?

–¡No! –exclamó Rowan tragando saliva.

¡Qué harta estaba de tener que pedir disculpas por ser como era!

–Lo hice porque quería besarte –admitió mirándolo en actitud desafiante a los ojos–. Me sentía atraída por ti. Todos tenemos nuestras necesidades –se excusó encogiéndose de hombros, desesperada por hacer ver que no había sido para tanto–. Me había tomado unas cuantas copas y me pareció buena idea.

Nic se quedó mirándola en silencio durante un buen rato. Cuando Rowan comenzó a sentir que le sudaban las palmas de las manos. Al cabo de unos segundos, Nic se acercó a ella y se quedó mirándola fijamente.

–¿Tanto te apetecía besarme que me viniste a buscar a la playa? –le preguntó.

–Sí –admitió Rowan–. Sé que suena a que estaba desesperada, pero solo fue un impulso. No salía mucho y era mi cumpleaños –improvisó con la esperanza de que Nic no se diera cuenta de que llevaba toda la vida esperando aquel momento.

–¿Y cuando me mirabas con ojos golosos e intentabas captar mi atención... también era por eso?

Rowan bajó la mirada. Nic le tomó del mentón y la obligó a mirarlo a los ojos de nuevo.

–Lo digo porque una adolescente que intenta captar la atención de un adulto es comprensible, pero hace dos años ya tenías edad suficiente y deberías haber medido bien tus acciones.

–Ya me lo dijiste entonces –le recordó Rowan con impaciencia, intentando apartarse para no tener que recordar la humillación que había sentido cuando Nic la había rechazado después de besarlo.

–¿Y hoy? –le preguntó acariciándole el cuello.

–Hoy me has besado tú a mí –contestó Rowan con valentía–. Bueno, más bien, has intentado manipularme besándome de manera mecánica.

Nic se rio.

–No ha sido de manera mecánica, nos hemos besado mutuamente.

Cuando bajó la mirada desde sus ojos a su boca, Rowan sintió que el estómago se le tensaba. A partir de entonces, comenzó a temblarle todo el cuerpo y sintió que los labios le ardían.

–Hace dos años empezamos algo que vamos a tener que terminar.

Rowan le puso la palma de la mano instintivamente sobre el pecho. Nic no se había acercado más, pero, de repente, se sentía amenazada.

–¿Qué quieres decir? –tartamudeó.

–No soy ciego, Rowan –contestó Nic mirándole la mano–. Llevo años dándome cuenta de que ya no eres una niña. Lo único que me impidió tomar aquella noche lo que me estabas ofreciendo fue darme cuenta de que no lo decías en serio. Si lo hubieras dicho en serio... porque no lo dijiste en serio, ¿verdad? ¿Vamos a ser sinceros, por fin, el uno por el otro o vamos a seguir con jueguecitos?

–¡No me pienso acostar contigo, Nic! –exclamó Rowan, para la que todo aquello estaba yendo demasiado rápido–. ¡No podemos tener una aventura y, luego, seguir como si nada...!

En lo más profundo de sí misma, tenía miedo, pues era virgen, no era una mujer sofisticada, no tenía experiencia mientras que Nic tenía demasiada. Rowan sabía que había tenido muchas relaciones y que, cuando terminaban, no sufría porque no volvía a ver a las que habían sido sus parejas.

Eso era exactamente lo que quería hacer con ella, ¿verdad? ¿Cómo no se había dado cuenta antes? Había ido con la intención de echarla de allí y de no volver a verla jamás. Le había concedido una tregua de dos semanas, pero eso era todo.

No iba a volver a verlo. Adiós a Rosedale y a Nic. El inmenso abismo que se abría ante ella, su futuro, se hizo todavía más grande.

—¿Como si nada? —le preguntó Nic.

—Qué ingenua soy... —se rio Rowan con amargura—. Y yo temiendo que, si tenemos una aventura, las cenas de Navidad futuras serían un poco incómodas... eso no será ningún problema, ¿verdad? —lo recriminó—. Lo digo porque me voy a tener que despedir de verdad de todo lo que quiero y... —se interrumpió y se retorció los dedos a causa del sufrimiento—. Me gustaría mucho, Nic, que hubiéramos seguido siendo familia y reuniéndonos aquí, en Rosedale —confesó—. Voy a hacer unos sándwiches —concluyó agarrando la vela y saliendo del despacho.

No vio que Nic se quedaba sin moverse del sitio mucho rato, a oscuras.

Capítulo 5

EL COMENTARIO de Rowan seguía dándole vueltas en la cabeza a la mañana siguiente y no comprendía por qué estaba permitiendo que lo molestara tanto. Al fin y al cabo, había oído comentarios parecidos de otras mujeres.

Con el paso de los años, había llegado a la conclusión de que él no necesitaba lo mismo que necesitaban otras personas, a saber, formar un hogar, tener una familia y disfrutar del amor. Además, él no había tenido nada de aquello en su vida, así que había aprendido a vivir sin ello.

No lo necesitaba.

Entonces, ¿por qué se sentía juzgado injustamente por Rowan? Aunque quisiera ser diferente, no podía. La idea de intentar cambiar lo tensaba y lo ponía nervioso.

—¡Voy a la compra! —gritó Rowan desde la planta de abajo, sacándolo de su momento de introspección.

«Bien», pensó Nic.

—Mira el seguro del coche —le gritó.

—Muy bien. ¡Adiós! —contestó Rowan.

Nic suspiró y volvió a su mesa. Tenía mucho trabajo que hacer. En aquel momento, oyó un zumbido distante. Era la puerta del garaje. Y un motor...

«No se atreverá».

Nic se puso en pie de un salto y se acercó a la ventana justo a tiempo para ver su descapotable negro de época saliendo a toda velocidad por el camino. Sin dudar un momento, se llevó los dedos índice y pulgar a la boca y silbó con todas sus fuerzas. Rowan frenó y giró la cabeza hacia la casa. Nic le señaló los escalones de la entrada y bajó a la carrera.

Rowan lo estaba esperando, al volante, con el motor en marcha. Llevaba unas gafas de sol que le cubrían la mitad del rostro y le temblaban los labios, pues era obvio que estaba nerviosa.

—¿Dime?

—¿Qué demonios estás haciendo?

—¿No me has dicho que mirara el seguro? El de este coche todavía me cubre.

—Y el del cinco puertas, también.

—Ya, pero este me gusta más –contestó Rowan sonriendo para intentar ganárselo.

Nic la miró con los ojos entrecerrados, decidido a no caer vencido ante sus encantos, como solían hacer los demás.

—¿Y eso cómo lo sabes?

—Bueno, porque me lo he llevado un par de veces antes, pero siempre lo he dejado con el depósito lleno, ¿eh? –contestó Rowan–. Hoy, para ser sinceros, no voy a poder hacerlo porque no tengo dinero y me he llevado el que había en la cocina, que no es mucho, por cierto.

—Desde luego, no tienes vergüenza –se indignó Nic teniendo que hacer un gran esfuerzo para no reírse–. Venga, baja del coche

—Oh, Nic, no seas así –protestó Rowan.

—¿Así cómo?

Rowan hizo un puchero y se inclinó hacia delante. Llevaba la cremallera de la cazadora abierta, así que aquel gesto hizo que sus pechos quedaran a la vista de

Nic, que tuvo que hacer un gran esfuerzo para no distraerse.

Fue tan obvio su interés que, cuando levantó la mirada, se encontró con que Rowan le estaba sonriendo, sabiéndose poderosa, creyendo que lo tenía donde ella quería.

–Te prometo que no pasaré de ciento veinte –le aseguró.

–No –contestó Nic.

–Hace una mañana preciosa –insistió Rowan–. ¿No te apetece sentir el sol y la brisa en la cara?

Nic se dijo que lo mejor que podía hacer era volver a trabajar porque el trabajo era lo único que lo mantenía centrado, pero, en aquel momento, la brisa con olor a primavera entró por sus fosas nasales y le puso la mente del revés. No en vano la primavera era la época de la reproducción.

Nic sintió que se le calentaba la sangre ante la sonrisa invitadora de la fémina que tenía ante sí.

«Sedúcela».

La palabra parecía flotar en el aire.

–Dame las llaves –le ordenó.

–¡Oh, Nic! –exclamó Rowan apagando el motor y abriendo la puerta del conductor–. ¿Por qué eres así? –se quejó–. Todos os creéis que me podéis decir lo que tengo que hacer en la vida. ¿Qué ganas con este despliegue de poder?

–Conducir yo –afirmó Nic sin hacer caso de sus quejas.

–¿Te vienes conmigo? ¿A la compra? –se sorprendió Rowan.

–Seguro que te parece bien porque llevo la cartera y bien llena –se burló Nic.

Rowan se apartó el pelo de la cara y lo miró con cautela. Nic sintió una descarga eléctrica por todo el cuerpo. La atracción que había entre ellos era irrefrenable. Se sentía como un depredador a punto de salir a cazar.

–Me parece bien –contestó Rowan muy sonriente.

Aquella sonrisa ganadora tenía como propósito desarmarlo y lo consiguió. Nic sintió que se le endurecía la entrepierna y, cuando Rowan hizo amago de pasar a su lado para situarse en el otro asiento, decidió no moverse. Quería que tuviera que pasar a su lado y rozarse contra él. A pesar de su aparente valentía, Rowan no tuvo valor para hacerlo.

–Ya paso por aquí –anunció refiriéndose al interior.

Acto seguido, plantó la rodilla en el asiento del conductor, ofreciéndole a Nic una vista espectacular de su trasero mientras maniobraba para llegar al asiento del copiloto.

–¿No vas a pasar frío sin cazadora? –le preguntó una vez allí.

–No creo –contestó Nic sintiendo que los vaqueros le iban a explotar–. Vamos a la compra y volvemos –le advirtió–. Tengo que ocuparme de los negocios.

–Sé que eres un hombre muy ocupado, así que te agradezco que me acompañes –afirmó Rowan poniéndole la mano en la muñeca en el momento en el que Nic se disponía a poner el motor en marcha de nuevo–. Quiero que seamos amigos, Nic.

Nic puso el coche en marcha. Rowan debía de estar de broma. Se giró hacia ella y le quitó las gafas de sol para poder ver con claridad su expresión cuando le dijera lo que le tenía que decir.

–Parece ser que no te estás enterando de la atracción que hay entre nosotros. Rowan, tú y yo no vamos a ser amigos nunca. Las personas que se sienten tan atraídas sexualmente no pueden ser amigos.

Nic la estaba mirando con tanta intensidad que Rowan se sintió como si le hubieran dado un puñetazo en la boca del estómago. Consiguió resistirlo. Se había pasado toda la noche dando vueltas, intentando asimilar que Nic quería echarla de su propia casa y que, por supuesto, lo último que debía hacer era tener una aventura con él, pero era incapaz de resistirse.

El único consuelo que le quedaba era que él también se sentía atraído por ella. Rowan no pudo evitar pensar que, tal vez, si conseguía establecer una relación lo suficientemente cercana con él, podría persuadirlo para que no vendiera Rosedale.

Le atraía la idea de mantener una relación cercana con Nic, pero también le daba miedo. Le había propuesto ser amigos para desacelerar un poco las cosas, pero Nic no tenía ningún interés en que fueran amigos. Era cierto que la atracción sexual que había entre ellos era innegable, que no podían ignorarla y, menos, cuando estaban juntos en un coche minúsculo como aquel.

La estaba mirando fijamente y Rowan se encontró fijándose en sus labios, aquellos labios que la habían besado con tanta pasión el día anterior.

–Yo... –declaró dándose cuenta de que el cuerpo le abrasaba por dentro.

–Te deseo, Rowan –confesó Nic–. Llevo mucho tiempo deseándote y, ahora que sé que tú también me deseas, ya no hay motivos para mantener las distancias. Todo llegará. Es solo cuestión de tiempo. Tarde o temprano, encontraremos el momento para satisfacer nuestra curiosidad.

–¿Curiosidad? –repitió Rowan sintiendo que el corazón se le aceleraba–. Dicho así, parece tan...

¿Frío?

Por supuesto, ¿qué otra cosa esperaba? Para Nic, solo era sexo. Aun así, Rowan sintió la excitación corriéndole por las venas. Le hubiera encantado girar la cabeza y besarle en la mano con la que le estaba acariciando el pelo, pero sabía que no debía hacerlo, sabía que debía protegerse, que Nic no debía darse cuenta jamás de que lo que sentía por él era algo más que apetito sexual.

–Dicho así, parece que no puedes más –murmuró manteniendo la calma y encogiéndose de hombros–. Cualquiera diría que quieres que lo hagamos aquí mismo.

Nic se quedó mirándola fijamente y estalló en una carcajada.

«Gracias, mamá», pensó Rowan.

Cassandra le había enseñado el arte del flirteo como herramienta para conseguir lo que quisiera en la vida. Rowan lo utilizaba para defenderse de los hombres y no para tenerlos a sus pies, como su progenitora, pero, por lo menos, disponía de aquella herramienta.

–Me parece a mí que la atracción entre tú y yo es tan fuerte que no la vamos a agotar con un solo encuentro –declaró Nic poniendo el coche en marcha.

Rowan sentía el pelo en la cara. El viento era intenso. Se subió la cremallera de la cazadora para soportar el frío aunque sospechaba que lo que realmente la había destemplado era aquella declaración.

Nic la deseaba.

Aquello no debería hacerla temblar como si tuviera seis años y fuera la mañana del día de Navidad porque podía tener consecuencias desastrosas, pero todo su deseo sexual como mujer se centraba en aquel hombre.

Sus hormonas de la adolescencia habían despertado y bailado de alegría cada vez que lo veían saliendo del mar. Ya de adulta, todo lo que siempre había buscado en un hombre había sido el recuerdo de Nic, los atributos de Nic.

Nadie la había besado jamás como Nic la había besado hacía dos años.

Hasta el día anterior.

Rowan se dijo que debía de ser el aniversario de la desaparición de sus padres porque, aunque era cierto que siempre le había gustado Nic, se sentía especialmente vulnerable a su cercanía y dispuesta a aceptar cualquier ofrecimiento de intimidad.

Tenía miedo de tener que verse obligada a dejar atrás la vida que conocía hasta entonces y ese miedo la llevaba a agarrarse a lo que fuera, incluso a Nic.

Sobre todo a Nic.

Rowan suspiró con fuerza y miró a Nic, rezando para que no se hubiera dado cuenta con el ruido del motor. Gracias a Dios, iba concentrado en la carretera. Rowan aprovechó para deleitarse con su perfil, su nariz, sus pómulos, su boca. Cuánto le gustaría acariciarle los labios.

Quizás, lo mejor que podría hacer era entregarse a él cuanto antes para apagar aquel fuego que la abrasaba por dentro.

Rowan sintió que el estómago le daba un vuelco. Acostarse con él le daba miedo, pero el escalofrío que sintió después no fue de miedo sino de anticipación. Sentía miedo, sí, pero también excitación.

Lo deseaba.

Era el único hombre con el que había querido acostarse.

Entonces, se dio cuenta de algo importante: era virgen. Y Nic lo único que quería era satisfacer su curiosidad. Luego, se desharía de ella y la olvidaría.

Rowan no pudo evitar preguntarse cómo sería, si le gustaría o si le resultaría incómodo y decepcionante. ¿Y a él? ¿Qué le parecería? ¿Se sentiría engañado cuando descubriera que ella no era un *sex symbol* como su madre?

En aquel momento, llegaron al mercado y Nic aparcó al aire libre. La gente los miró porque sabía quiénes eran. Nic hablaba griego perfectamente y como el de Rowan era solo pasable, dejó que fuera él quien contestara a las preguntas sobre cómo iba la búsqueda de los desaparecidos. Rowan pensó que, tal vez, fuera buena idea hacerles una misa de despedida. Estaba a punto de comentárselo a Nic cuando este le puso la mano en la cintura para invitarla a pasar a la pastelería.

Rowan sintió un escalofrío por la columna vertebral como si, en lugar de tocarla a través de la ropa, lo estuviera haciendo directamente sobre la piel desnuda. Todo pensamiento abandonó su mente y solo pudo percibir el olor a algodón de su camisa y el calor que irradiaba su cuello.

Nic la miró para ver por qué se había parado en seco y tuvo la sensación de que a su alrededor se había creado un campo electromagnético de atracción sexual. No se movió. Rowan sintió que el corazón comenzaba a latirle aceleradamente.

Se dijo que era Nic, tal y como él siempre había sido, un dios del sexo de físico increíble y mirada penetrante que parecía saber con certeza el efecto que tenía sobre ella cuando estaban cerca.

–Te produzco curiosidad –comentó con voz grave.

Así era. No podía evitarlo. A pesar del miedo. Rowan sintió sudor en las palmas de las manos y no pudo evitar bajar la mirada hacia el vello rubio que asomaba discretamente en el torso de Nic, allí donde el cuello de la camisa estaba abierto.

Aquello de que le gustara saberse perseguida le estaba resultando una experiencia desconcertante. Siempre le había resultado fácil decir que no porque los hombres que le habían hecho proposiciones nunca le habían gustado.

Ahora, de repente, era consciente de su debilidad interna y aquello la asustaba.

—Una cosa es la curiosidad y otra el comportamiento temerario —consiguió contestar dando un paso atrás, nerviosa, con un nudo en la garganta—. La verdad es que soy bastante selectiva a la hora de elegir. Más que tú, a juzgar por la cantidad de mujeres con la que te dejas ver por ahí —añadió fingiendo que no sabía qué elegir, si pasteles de crema o de almendras.

—Dos de cada —sentenció Nic colocándose a su espalda.

Rowan jamás comía tanto dulce, pero no pudo reaccionar a tiempo de decirle a la dependienta que no porque estaba sintiendo el contacto del cuerpo de Nic.

—Tengo la impresión de que me has elegido —le dijo al oído.

Rowan sintió que las rodillas le temblaban. Aquello estaba yendo demasiado rápido.

—Puede que mis hormonas te hayan elegido, es cierto, pero no pienso permitir que ellas me dicten lo que tengo que hacer —le aseguró.

Craso error. Nic alargó el brazo para entregarle unos cuantos billetes a la dependienta y, al hacerlo, el contacto entre ellos fue todavía más cercano.

Rowan sintió que el corazón le retumbaba en los oídos.

–Estoy intentando comportarme como una adulta y no dejarme llevar por absurdos impulsos –se defendió ante su desafío–. Deberías sentirte impresionado.

–Esto no es un impulso, es una certeza –contestó Nic volviéndole a poner la mano en las lumbares.

Rowan sintió que las nalgas se le endurecían y se estremeció antes de obligarse a caminar hacia el coche. Rowan no era una persona nerviosa, pero Nic se estaba dando cuenta de que estaba asustada. ¿Tal vez porque sabía que no podía controlar lo que estaba sintiendo?

Para ser sinceros, él tampoco podía hacerlo. Una parte de ella se sentía derrotado por cómo había permitido que las cosas progresaran, hasta tan lejos y tan rápido. Nic se dijo que estaba jugando al juego que Rowan quería que jugara, pero no podía hacer nada porque, tal y como le acababa de decir, lo suyo era una certeza.

El deseo se había apoderado de él, lo único que le importaba era poseerla. Era una debilidad, lo sabía, y solo podría superarla si Rowan sentía lo mismo. De no ser así... para asegurarse de que iba por buen camino, en cuanto se sentaron en el coche, le puso la mano en el muslo y la obligó a separar las rodillas para colocar la bolsa de la compra en el suelo, entre sus piernas.

Rowan lo miró con las pupilas dilatadas, sorprendida.

–¿Te he hecho daño? –le preguntó Nic preocupándose por los arañazos del día anterior–. Parece que están mejor –añadió viendo que ya no llevaba tiritas.

–Qué predecibles sois los hombres –se rio Rowan negando con la cabeza–. En cuanto detectáis un reto, vuestro ego os obliga a demostrar algo. Llevan toda la vida presionándome para que haga cosas que yo no quiero hacer, así que ten por seguro que no pienso permitirte que me intimides.

–Claro que no –contestó Nic apartándole un mechón de pelo de la cara con suavidad–. No te preocupes, Ro. Sé perfectamente que las mujeres necesitáis ciertos prolegómenos y no te voy a meter ninguna prisa –añadió.

Y estuvo a punto de darle un beso, pero recordó a tiempo que estaban en la calle, así que puso el coche en marcha y miró hacia el cielo. Parecía que iba a volver a llover. Con un poco de suerte, si se daba prisa, conseguiría llegar a casa antes de que estallara la tormenta.

Motivos para darse prisa, tenía, desde luego.

Prolegómenos.

Curiosa palabra. ¿Por eso le rozaba el muslo con los nudillos cada vez que cambiaba de marcha? ¿Por eso había puesto aquella música latinoamericana tan sensual que parecía el latido de su corazón y que le soltaba la pelvis?

Rowan se preguntó qué ocurriría cuando llegaran a casa y se dio cuenta de que, sinceramente, no lo sabía.

De repente, Nic paró el coche bajo un inmenso olivo. Rowan lo miró sorprendida.

–Está empezando a llover –le explicó Nic saliendo del coche y echando su asiento hacia delante–. ¿No te habías dado cuenta? –bromeó.

No, Rowan no se había dado cuenta. Salió del coche y echó su asiento también hacia delante para ayudar a Nic a colocar la capota. Se sentía torpe de movimientos mientras que Nic parecía tenerlo todo bajo control. Las gotas de agua se fueron haciendo cada vez más grandes y, para cuando consiguieron colocar todo en su sitio y volver al interior del coche, la tormenta ya había estallado con fuerza.

Nic no puso el coche en marcha inmediatamente. Rowan esperó a que lo hiciera y lo miró. Tenía los ojos clavados en el parabrisas y su cuerpo parecía cargado de energía.

–¿Qué te pasa? –le preguntó.

–No puedo esperar –declaró Nic acariciándole la mejilla con una mano y besándola a continuación.

Rowan ahogó un grito de sorpresa, pero abrió los labios. Nic aprovechó el momento y, dejando atrás las dudas de otros besos, se apoderó de su boca. Acto seguido, le pasó un brazo por los hombros para que apoyara la cabeza. Todo había cambiado entre ellos en menos de veinticuatro horas y Rowan lo único que pudo hacer fue dejarse llevar por el deseo.

Cuando sus lenguas se encontraron, la lujuria estalló con una furia cegadora, prendiendo un fuego en su interior que la hizo besarlo con la misma pasión, aumentando la necesidad que había entre ellos.

Nic siguió besándola mientras le acariciaba la mandíbula y el cuello y Rowan entrelazó sus dedos en su pelo, atrayéndolo con fuerza hacia ella, sin ninguna inhibición, pues lo necesitaba más que al aire que respiraba.

Nic deslizó una mano hasta uno de sus pechos y lo sacó de la copa del sujetador sin miramientos. En cuanto le acarició el pezón, Rowan dejó escapar un grito de placer que la sorprendió incluso a ella, pues no estaba preparada para el latigazo de placer que sintió entre las piernas.

Nic se apartó un poco, le abrió la blusa y le sacó un pecho. Rowan pensó que debería sentir vergüenza, pero no era así. Nic se quedó mirando el pecho con reverencia. Rowan se sintió poderosa y orgullosa. Entonces, Nic se inclinó sobre ella y cercó el pezón, pequeño y rosado, con su boca de terciopelo.

Rowan dio un respingo. Las sensaciones eran tan intensas y prolongadas... Mientras le tomaba la cabeza entre los antebrazos, apretó las piernas para intentar reducir las pulsaciones que sentía allí.

Nic se volvió a apartar y se abrió la camisa.

—Tócame —le dijo tomándola de la mano y colocándosela sobre su pecho, que estaba caliente.

A continuación, deslizó una mano entre las piernas de Rowan. Rowan colocó las palmas de las manos abiertas sobre su torso y disfrutó de las sensaciones que aquello le producía. Era maravilloso sentir su lengua por el cuello, el vello de su torso en las palmas de las manos y el sorprendente gusto que le estaba dando que la estuviera tocando allí donde más lo necesitaba.

Nic volvió a besarla, lo que produjo un cortocircuito en el cerebro de Rowan. Su pelvis basculó hacia delante y deslizó las manos hacia la cinturilla de los vaqueros de Nic.

—¿Tienes algo? —le preguntó él con voz grave y sensual.

—¿Cómo? —contestó Rowan—. Ah... no —añadió al comprender a lo que se refería Nic.

—¿No estás tomando la píldora?

—¡No!

Nic maldijo, se dejó caer hacia atrás y agarró el volante con tanta fuerza que se le pusieron los nudillos blancos.

—Mejor así. Este coche es muy pequeño. ¿Cómo lo íbamos a hacer? ¿Tumbados en la hierba bajo la lluvia? No cuentes conmigo —declaró mirándola con deseo mientras Rowan se colocaba la ropa con torpeza.

—No quería llegar tan lejos —contestó Rowan abrochándose la cazadora a toda velocidad.

¿Cómo habían llegado hasta allí?

—No te tendría que haber besado. Sabía que no iba a poder parar —confesó Nic mirando por el retrovisor.

Después, puso el coche en marcha y comenzó a conducir bajo la lluvia, con los limpiaparabrisas a toda velocidad. Luego, alargó la mano, tomó la de Rowan y siguió conduciendo con ambas manos sobre la palanca de cambios, acariciándola con la yema del dedo pulgar.

—No pasa nada. Tengo todo lo que necesitamos en mi habitación —le aseguró.

—¿Preservativos? —le preguntó Rowan.

Cuánta premeditación. Si la hubiera tomado sobre la hierba unos instantes antes, le habría dejado, pero planear lo que iban a hacer al llegar a casa...

—Sí —contestó Nic.

A juzgar por la intensidad con la que había contestado y por cómo conducía, cualquiera hubiera dicho que aquello era una emergencia.

El hecho de que tuviera preservativos en su dormitorio hizo que a Rowan se le rompiera el corazón. Aquello quería decir que se acostaba con otras mujeres en Rosedale. Todas sus inseguridades salieron a la luz. Era evidente que Nic conquistaba a quien quería y ella estaba a punto de convertirse en una más.

¡Qué desmoralizante!

Rowan apartó la mano y tragó saliva. Estaba muy nerviosa y estaban llegando a casa. Efectivamente, unos segundos después Nic estaba aparcando el coche en el garaje. Allí no llovía y el silencio era mortal.

Rowan se sentía sofocada, así que se apresuró a salir del coche. Sabía que tenía motivos para sentirse celosa porque Nic acababa de confesar que se acostaba con otras mujeres, pero le pareció una chiquillada.

No podía decir que creía que Nic fuera virgen. Le dolía el corazón al pensar que utilizara aquel lugar como un burdel. Claro que había dicho que, para él, Rosedale no era un lugar sagrado y especial, como para ella.

Nic se había acostado con muchas mujeres, seguro. Habría compartido con ellas sexo casual. Quizás, eso fuera lo que quería compartir con ella.

Pero para ella sería diferente.

Acostarse por primera vez con un hombre, con Nic y, encima, en Rosedale...

Rowan se llevó los nudillos a los labios. Se enfrentaba a una de las decisiones más importantes de su vida.

—¿Ro? —la llamó Nic acariciándole el pelo con suavidad, haciéndola sentir un agradable calor por todo el cuerpo.

Rowan se giró y lo miró. Acto seguido, sintió que se quedaba sin aire. El impacto que aquel hombre tenía sobre ella era demasiado. Nic la miró a los ojos.

—¿Vienes conmigo arriba? —le preguntó.

Rowan no podía hablar, así que asintió. Nic sonrió encantado, lo que suavizó sus rasgos guerreros y lo hizo adquirir una belleza tan maravillosa que Rowan no se lo podía creer.

Acto seguido, Nic la tomó de la mano y la guio hacia el interior de la casa.

Capítulo 6

ESTABA sucediendo.

Nic la tenía agarrada de la mano y Rowan sentía su calor y su fuerza. Menos mal que la estaba agarrando porque Rowan sentía que podía ponerse a flotar en cualquier momento. Aquel momento era perfecto y frágil como una pompa de jabón. Se aferró a su mano mientras subían las escaleras, temerosa de que algo rompiera el embrujo y diera al traste con su euforia.

Cuando Nic la condujo hacia la puerta de su dormitorio, Rowan no quiso entrar e intentó disimular los nervios que sentía. Nic la miró a los ojos y Rowan sintió unos hilos invisibles y potentes que la acercaban de nuevo a él.

Había tanta atracción sexual entre ellos...

–¿Te lo estás pensando mejor? –le preguntó Nic.

Rowan se quedó mirando la puerta que no parecía capaz de cruzar.

–Estoy nerviosa, no quiero decepcionarte –admitió.

Nic la sorprendió al besarla suavemente en los nudillos.

–Las cosas han cambiado mucho de ayer a hoy, ¿eh? Hace veinticuatro horas, no te importaba lo que yo pensara.

Rowan no contestó. La verdad era que siempre le

había importado, pero aquella era la primera vez que lo admitía. Sentía un inmenso nudo en la garganta. El momento no era para menos.

–No me vas a decepcionar –le aseguro Nic apretándole la mano–. Llevo tanto tiempo esperando esto que estoy seguro de que me va a encantar –añadió besándola en la boca con delicadeza.

Rowan le devolvió el beso y prolongó el exquisito intercambio de ritmos. Aquello estaba siendo tan maravilloso que le dolía.

Nic apenas podía pensar con claridad. La boca de Rowan se le antojaba suave como pétalos y olía como huelen los jardines en verano, a tierra, a fresco y a rosas. Siguió besándola y se dio cuenta de que estaba temblando. Cuando le pasó los brazos por el cuello y se apretó contra él, su mente explotó.

Nic la abrazó con fuerza y se deleitó en su boca para, momentos después, gemir y tomarla en brazos. Jamás había hecho nada tan impulsivo. En su vida. Rowan se arrebujó contra su pecho como una semilla, como si lo hubiera hecho cientos de veces.

Nic supuso que, tal vez, lo hubiera hecho con otros hombres.

Se apresuró a apartar aquel pensamiento de su cabeza y se concentró en lo ligera y delgada que era. Mientras lo hacía, no dejó de besarla apasionadamente ni un solo momento.

Con ella en brazos, cruzó el umbral de su dormitorio. Una vez dentro, la depositó en el suelo y se apartó de ella un poco, lo suficiente como para abrirle la cazadora. Ambos tenían la respiración entrecortada. Rowan dejó caer la prenda al suelo con una impaciencia que a él le encantó. Le hubiera gustado sonreír satisfecho, pero el deseo era tan fuerte, tan imperativo, que lo

único que pudo hacer fue quitarse la camisa y los zapatos a toda velocidad.

Rowan se agarró a uno de sus brazos para agacharse
y bajarse la cremallera de una de sus botas. Luego, hizo
lo mismo con la otra. Cuando la vio descalza, sin tacones, le pareció mucho más vulnerable.

Aunque su urgencia era evidente, había cierta timidez en ella, tal y como demostraba que se estuviera
mordiendo el labio inferior y mirándolo algo dubitativa.

–¿Cerramos... eh... la puerta?

Aquel pudor lo sorprendió y lo hizo conectar con
cosas que había enterrado bajo capas y capas de sexo
practicado con otras mujeres por las que no había sentido nada.

A pesar de que sabía que no iba a aparecer nadie,
tuvo el detalle de cerrar la puerta. Cuando lo hubo hecho y volvió junto a Rowan, vio que se había desabro-
chado los vaqueros, pero que todavía no se los había
quitado.

Nic se apoyó en el marco de la puerta y se quedó
mirándola mientras lo hacía. A Rowan no le resultó fácil seguir adelante con la tarea. Nic la estaba obser-
vando. Estaba muy tenso.

–Nic, ¿te estás...?

«¿Arrepintiendo?».

Sería horrible.

Nic la miró con intensidad, dejándose llevar por el
deseo, haciendo que Rowan se sintiera como una diosa
del sexo, deseable y deseada. Se acercó a ella con decisión, le tomó la cabeza entre las manos y la besó
como había hecho en el coche, como si le fuera la vida
en ello.

Aquello era, precisamente, lo que Rowan necesitaba
para recuperar la seguridad en sí misma. Lo besó tam-

bién con pasión, con fruición, con agradecimiento y excitación y, cuando Nic se abalanzó sobre su camisa para quitársela, Rowan elevó los brazos para ponérselo fácil. La prenda cayó al suelo y fue seguida rápidamente por el sujetador.

Nic la estrechó entre sus brazos. El contacto de su torso y sus senos hizo que Rowan se derritiera, se apretara contra él y comenzara a besarlo por el cuello.

Nic pronunció su nombre y maldijo.

–Estoy intentando ser delicado, pero... –comentó acariciándole la columna vertebral y las escápulas antes de concentrarse en sus pechos.

–No pasa nada, yo también tengo prisa...

Nic gimió y sus manos apretaron suavemente las curvas de Rowan mientras volvía a besarla con fuerza. Luego, se quitó los vaqueros y los calzoncillos a la vez.

Al verlo desnudo ante ella, Rowan sintió un poderío femenino en lo más hondo de sí misma. Se fijó en su amplio pecho, en su tripa firme y plana, en sus muslos poderosos y en su potente y gran erección.

Al verla, tragó saliva algo intimidada.

Nic se dio cuenta, entonces, de que tenía los puños apretados y abrió las manos. A continuación, se acercó a Rowan y comenzó a bajarle los vaqueros por las caderas. Cuando se inclinó sobre ella, su pene rozó la piel de la tripa de Rowan y sus labios se posaron en su hombro.

Rowan se obligó a respirar. Tenía la sensación de que no le llegaba suficiente oxígeno.

Mientras sentía la tela deslizándose por sus piernas, sintió también que estaba temblando, así que se apresuró a ayudarlo con los pantalones para poder volver a apretarse contra él y que no la viera desnuda porque era la primera vez que estaba desnuda delante de un hombre.

También era la primera vez que tocaba a un hombre como estaba tocando a Nic. Se sentía desesperada por darle placer. Abriendo un poco de espacio entre sus cuerpos, tomó su erección en la mano y se maravilló de lo sedosa que era. Raso sobre acero. Le pareció que crecía y se endurecía todavía un poco más. Nic colocó una de sus manos sobre la de Rowan y le enseñó a moverla. Al cabo de unos segundos, la obligó a apartarla.

—Yo tampoco quiero decepcionarte —le advirtió.

Acto seguido, la llevó hacia la cama y se colocó encima de ella.

Rowan no podía hablar. Estaba concentrada en las sensaciones. Sentía el peso del cuerpo de Nic, su mano en la tripa mientras la besaba, su lengua en la boca y un calor palpitante entre las piernas.

Nic la tenía apresada y no la dejaba moverse. Rowan sentía su glande caliente sobre la pelvis. Le parecía que no tenía manos suficientes para tocarlo, quería abarcar todo su cuerpo. Nic dirigió su boca hacia uno de sus pezones y presionó suavemente con una rodilla para que Rowan se abriera de piernas. Cuando lo hizo, acarició con suavidad sus pliegues más íntimos.

Rowan sintió que las sensaciones la embriagaban. Nic siguió lamiéndole los pezones y se introdujo con los dedos en su cuerpo de manera experta.

Rowan sintió un placer tan intenso que la hizo jadear. Nic siguió tocándola con presiones y caricias, invadiendo suavemente su cuerpo para retirarse a continuación, repitiendo el prolegómeno para hacerla enloquecer.

—Nic —gimió Rowan tirándole un poco del pelo para obligarlo a levantar la cabeza.

Nic la miró como si estuviera drogado. A continuación, alargó una mano, se puso un preservativo rápidamente y volvió a colocarse sobre Rowan. Volvió a ponerse nerviosa, pero se dejó llevar por su intuición, lo abrazó con las piernas por la cintura, queriendo tenerlo muy cerca. Quería sentirlo dentro de sí.

Qué guapo estaba mirándola así, como si fuera lo más bonito que hubiera visto en su vida. Rowan sentía los pezones tan duros que temió que se le fueran a resquebrajar y, entonces, Nic la penetró.

Aguantó la respiración, sorprendida por la intimidad del acto. Le dolía un poco, pero estaba tan excitada que no le importó... aunque pensó que iba a necesitar un poco más de estimulación, pues no parecía haber suficiente espacio.

–Rowan –comentó Nic con la voz entrecortada, mirándola sorprendido –, eres...

–No te enfades, Nic –le pidió Rowan abrazándolo con las piernas y apretándose contra él para impedir que saliera de su cuerpo–. Quiero seguir, quiero que sea contigo.

–Me cuesta entrar –jadeó Nic apretando los dientes, sin forzarla–. Eres una mentirosa –añadió mirándola con incredulidad y volviéndola a besar.

No dejó de hacerlo hasta que, muy lentamente, fue introduciéndose por completo en su cuerpo. Rowan dejó caer la cabeza hacia atrás y gimió de placer.

Era suya.

Para siempre.

Nic la besó una y otra vez en la boca, por el cuello y por los hombros, por el escote. Rowan se derritió sabiéndose el centro de sus atenciones, dándose cuenta al relajarse de la gran tensión que había acumulado en los músculos.

Entonces, Nic comenzó a retirarse hacia fuera, pero Rowan se lo impidió, lo agarró con fuerza y lo obligó a volver a entrar, estableciendo así un ritmo mutuo de fricción y movimiento.

Nic le colocó las manos por encima de la cabeza y se las sujetó mientras comenzaba a penetrarla cada vez más rápidamente, mirándola como un animal. Rowan comenzó a sentir que perdía el control.

–¡Nic! –gritó apretándolo con las piernas.

No quería que aquello terminara porque lo estaba disfrutando mucho, pero no pudo evitarlo. Nic siguió penetrándola una y otra vez y Rowan sintió que su cuerpo se aferraba a él y lo acogía como si pudiera seguir haciéndolo para siempre.

Sintió todas sus terminaciones nerviosas al límite y... luego... la descarga, la liberación.

Todo se tornó borroso durante un segundo antes de que el cataclismo se apoderara de sus entrañas. Rowan sintió un intenso placer en forma de oleadas al tiempo que Nic se dejaba ir con un grito visceral.

Jamás se había sentido tan unida a nadie y le hubiera gustado permanecer unida a él para siempre, pero Nic se retiró lentamente. Lo hizo sin mediar palabra y Rowan saboreó la amarga realidad del sexo informal.

Al instante, sintió que los ojos se le llenaban de lágrimas y se sintió abandonada. Nic estaba tumbado de espaldas a ella, incorporándose para ponerse en pie. Como no quería ponerse a llorar, se obligó a hacer lo mismo. Quería llegar al baño antes de que Nic saliera por la puerta, quería mantener su dignidad.

En aquel momento, Nic la tomó del brazo, tiró de ella hacia atrás y la inmovilizó con una pierna en el centro del colchón. A continuación, le puso las manos por encima de la cabeza y la miró a los ojos.

–¿Por qué yo, Rowan? –le preguntó.

Capítulo 7

NIC se sentía como si estuviera mirando a una desconocida... una desconocida tan guapa que le dolía el corazón de mirarla. Rowan tenía los labios hinchados de besarlo y, mientras la miraba, se preguntó cómo era posible que, hasta aquel momento, hubiera sido el único hombre en verla así.

Rowan se retorció en una protesta. Nic seguía excitado y le costaba pensar con claridad. Era su instinto quien seguía mandando. El deseo por volver a encontrarse en el interior de su cuerpo fue aumentando.

–¿Qué haces? –le preguntó Rowan con la respiración entrecortada.

Se le había contraído la tripa porque Nic la estaba acariciando.

–Estoy admirando el regalo que me has hecho –declaró.

–No hace falta que te pongas tan sarcástico –le advirtió Rowan.

–No estoy siendo sarcástico –confesó Nic–. Estoy sorprendido. Nada más –añadió.

«Incluso emocionado», pensó.

Al darse cuenta de ello, Nic se ordenó no darle demasiada importancia, pero lo cierto era que Rowan había puesto tanto de su parte que lo que había ocurrido entre ellos había sido muy íntimo, algo que a Nic nunca le había sucedido con otra mujer.

–¿Cómo es posible, Rowan? Sé que estuviste con un chico en el conservatorio –le dijo.

–Aquello... no funcionó –contestó ella–. Creí que estaba preparada, pero no fue así y le pedí que paráramos. Se estaba vistiendo cuando entró la directora. ¿Me sueltas, por favor?

Nic la soltó y Rowan se sentó. A Nic se le antojó de lo más vulnerable y sintió deseos de abrazarla.

–¿Estás bien? –le preguntó consciente de que, si le había hecho daño, jamás se lo perdonaría.

–Sí, estoy bien. ¿Y tú? –le dijo Rowan tapándose con el edredón–. ¿Quieres contarme algo sobre tu primera vez? –le espetó–. ¿Te salió todo bien o no pudiste, como yo, y necesitas contármelo?

Nic se tumbó en la cama tranquilamente. Rowan se fijó en que se había quitado el preservativo. Nic se dio cuenta de hacia dónde apuntaba su mirada. Rowan apartó los ojos rápidamente, avergonzada.

El miembro de Nic seguía erecto y duro y se preguntó si eso querría decir que no había quedado satisfecho.

–No entiendo cómo puedes seguir siendo virgen cuando te he visto con hombres que creía que eran tus parejas –comentó Nic.

–¿A quién te refieres? ¿A mis compañeros de baile? Nos llevamos muy bien, pero eso no quiere decir nada –le explicó Rowan.

Lo cierto era que hubiera preferido que se fuera porque aquello estaba resultando mucho peor. Ahora, sentada desnuda junto a él, intentando mantener una conversación mientras era consciente de lo que habían hecho, de cómo Nic la había tocado, como si la poseyera y conociera su cuerpo mejor que ella misma.

–Me podrías haber dado una pista –se indignó Nic.

–¿Ah, sí? ¿Te imaginas a la hija de Cassandra O'Brien paseándose por ahí con una de esas pulseritas en las que pone «orgullosa de ser virgen»? Preferí dejar que todo el mundo creyera que me había acostado con aquel chico porque mis compañeras de colegio me tomaban el pelo. Salía con quien podía, pero no tenía mucho tiempo, así que nunca he podido tener una relación larga, por lo que no he podido acostarme con nadie.

–Me refería a que me lo podías haber dicho hoy –le aclaró Nic hablándole con cierta dureza.

Rowan sintió que el frío se instalaba entre ellos.

–Menudo regalo envenenado... –se lamentó Nic.

«¿Regalo envenenado?».

Rowan sintió que el corazón le daba un vuelco. Qué momento tan horrible. Después de media vida enamorada de él, se había entregado aun a sabiendas de que no iba a significar nada para Nic. Se odió por ello, pero, cuando intentó sentir arrepentimiento por lo que había hecho, lo único que pudo sentir fue una increíble alegría, pues había sido una experiencia impresionantemente bonita y se alegraba de que hubiera sido con Nic.

–¿De verdad crees que la virginidad es algo precioso que hay que guardar en un frasco hasta que llegue la ocasión especial? –le preguntó con voz trémula, intentando ocultar sus emociones.

–Supongo que no sería un hombre muy progresista si lo creyera así, pero imagino que has tenido otras oportunidades y se me hace extraño que me hayas elegido a mí.

–¿Por qué? –lo retó Rowan con el corazón latiéndole aceleradamente.

Nic la miró con intensidad.

–Entiendo... la pregunta sería, más bien, ¿por qué yo cuando cualquiera te habría servido?, ¿verdad?

Rowan sintió la imperiosa necesidad de sacarlo de su error, pero no lo hizo porque no quería revelarle cuánto había ansiado que fuera, precisamente, él. Entonces, comprendió algo muy importante: Nic no creía ser especial. Ni para ella ni para nadie.

A ella le habían dicho durante toda la vida que era especial, tan especial que tenía que cumplir con las expectativas de todo el mundo, pero Nic no había tenido aquel problema porque su padre lo había ignorado.

¿Y su madre? Sentía curiosidad, pero no era el momento de preguntar.

—Estaba harta de luchar contra ti, de luchar contra lo que sentía —confesó con la esperanza de que Nic no le preguntara durante cuánto tiempo llevaba luchando contra aquella necesidad—. Me has dicho que tenía que crecer, ¿no? Bueno, pues mira qué bien que has sido tú el que me ha hecho mujer, ¿no te parece?

Nic sintió un extraño sentimiento de privilegio. Era evidente que lo que había ocurrido no tenía mucha importancia para Rowan, así que intentó que no se le notara que para él había sido trascendental.

—¿Así lo ves tú? ¿Cómo una ceremonia para celebrar tu mayoría de edad sexual o algo así?

Le pareció que, por un instante, Rowan cerraba los ojos con dolor, pero pronto sonrió y se dio cuenta de que no era así. De hecho, le tomó el rostro entre las manos y lo besó suavemente en los labios.

—Eso es, Nic. Aunque tú no seas muy dado al sentimentalismo, te aseguro que yo siempre te recordaré como mi primer amante, que es tan importante como que te consideren el mejor reportero del año, ¿no?

Desde luego, qué superficial era aquella mujer. Siempre igual. Pero había dicho que lo iba a recordar y, aunque dos días antes, le habría dado exactamente igual despedirse en malos términos, ahora sentía la necesidad de algo más cercano.

Rowan hizo el amago de alejarse, pero Nic le acarició la cabeza con suavidad, consiguiendo que no se levantara de la cama.

—Yo tampoco lo voy a olvidar —admitió a pesar de que le daba miedo mostrarse vulnerable.

Acto seguido, cerró los ojos para no ver la mirada de Rowan, buscando seguridad, y la besó. El beso se le fue rápidamente de las manos, Nic se encontró gimiendo. Jamás le había sucedido algo así, volver a sentirse excitado después del orgasmo más intenso de su vida.

—¿Eso es bueno o malo? —le preguntó Rowan poniéndole la mano en el pecho.

¿No se daba cuenta de cómo lo excitaba? Nic desvió la mirada hacia abajo, hacia su erección, que parecía la aguja de una brújula apuntando hacia el norte.

—Lo dices porque no he estado bien, ¿no? —se lamentó Rowan al ver que Nic no contestaba.

—A lo mejor, si practicamos un poco más...

Rowan lo miró horrorizada y se alejó de él. Nic comprendió que había metido la pata y se apresuró a tomarla del brazo para que no se fuera.

—Ha sido una broma —le aseguró mientras Rowan intentaba zafarse.

—¡Pues no ha tenido ninguna gracia! —gritó Rowan arañándolo en la refriega.

Nic no estaba dispuesto a soltarla, la había atrapado bajo su cuerpo y Rowan tenía la respiración entrecortada.

—Te aseguro que sé perfectamente lo que es practicar y practicar y no estoy dispuesta a volverlo a hacer por nadie, ni por ti ni por nadie. Ahora vivo para mí,

¿lo entiendes? Me importa muy poco que te haya gustado o no. A mí, me ha gustado, así que vete al infierno con tu idea de practicar.

–A mí también me ha gustado –le aseguró Nic–. Me doy cuenta de que quiero volver a hacer el amor contigo, pero tú, no –recapacitó en voz alta, apartándose porque se había vuelto a excitar en la pelea y quería ocultarlo–. Siempre me ha pasado contigo, Ro. No entiendo por qué, pero siempre ha sido así.

Rowan lo miró estupefacta.

–No entiendo la química que hay entre nosotros, la verdad –continuó Nic–. Creía que con hacerlo una vez sería suficiente –mintió–, pero lo cierto es que, si tú me lo permitieras, estaría encima de ti día y noche.

Rowan apartó la mirada y Nic se dio cuenta, incómodo, de que había revelado demasiado.

–Si fuéramos iguales, te dejaría –confesó Rowan levantando la mirada tímidamente –, pero yo no tengo la misma experiencia que tú y no creo que tu interés vaya a durar mucho.

–Tú... tienes el talento natural –contestó Nic acariciándole el pelo con dulzura–. Soy yo el que está en desventaja.

–Supongo que le dirás lo mismo a todas.

–Nunca se lo había dicho a nadie –le explicó Nic.

–¿De verdad? –le preguntó Rowan acercándose a él y sonriendo de manera zalamera.

Nic no quería volverse un esclavo, pero las manos de Rowan estaban recorriendo ya su cuerpo y se dejó hacer. Sorprendido, eso sí, de que Rowan tomara la iniciativa.

–¿No necesitas tiempo para recuperarte? –le preguntó.

–No, quiero volverlo a hacer –le aseguró Rowan.

Aquella frase fue más que suficiente. Nic sintió los

grilletes de la esclavitud en sus tobillos, pero no pudo hacer nada más que tumbarse sobre ella y poseerla.

Un rato después, pensó que lo bueno que tenía Rosedale era que, si no quería ver a alguien, lo podía evitar fácilmente.

Había salido de su dormitorio cuando estaba comenzado a anochecer, dejando a Rowan tumbada boca abajo en la cama. Aquella vista había hecho que su cuerpo volviera a excitarse a pesar de que llevaba horas haciendo el amor con ella y debería haberse sentido exhausto.

Aun así, se había obligado a irse porque no quería convertirse en un adicto. ¿Convertirse? Siempre había deseado a Rowan y, ahora que la había tenido, lo suyo había empeorado.

Y lo peor era que lo había admitido ante ella.

Nic se duchó, se vistió y bajó a su despacho. No podía dejar de pensar en Rowan y en cómo, en un momento dado, se había abierto camino a besos hasta su miembro erecto y le había preguntado: «¿Puedo? Siempre he sentido curiosidad...».

Nic se dijo que debía ponerse a trabajar, así que encendió el ordenador. Tenía muchos correos electrónicos esperándolo, pero, al cabo de un rato, un olor delicioso lo desconcentró del trabajo y lo llevó hasta la cocina.

Rowan no había esperado que su regreso a Rosedale fuera así. Cuando había tomado la decisión de ir, había pensado que tendría la casa para ella sola, que tal vez comería de vez en cuando con Anna, pero que la mayor parte del tiempo la pasaría dilucidando qué quería hacer con su vida.

De alguna manera, lo iba a tener que hacer porque Nic le había dejado muy claro que no iba a seguir haciéndose cargo de sus gastos. Claro que, en aquellos momentos, su mente no quería hacerse cargo de aquel asunto, pues estaba demasiado ocupada intentando darle sentido a la apasionada aventura que había comenzado con aquel hombre al que siempre había creído fuera de su alcance.

Nunca había imaginado que aquello pudiera suceder, pero Nic y ella se habían pasado horas recorriendo uno el cuerpo del otro. Rowan se excitó al recordar los jadeos de placer de su amante, pero se recordó también que todo aquello era temporal. Aunque le hubiera regalado varios orgasmos e incluso hubiera confesado que siempre lo había excitado, había sido el primero en irse.

Rowan se mordió el labio inferior al recordar el dolor que le había causado abrir los ojos y no encontrarlo a su lado.

—¿Qué estás preparando?

Rowan dio un respingo y, asustada, estuvo a punto de dejar caer el bote entero de pimienta en la olla. Al girar la cabeza y verlo, sintió que las palmas de las manos comenzaban a sudarle tanto que apenas podía sostener la cuchara de madera para remover la salsa.

—Carne guisada con verduras —contestó.

Nic se acercó por detrás para mirar por encima de su hombro y le plantó las manos en la cintura. Rowan se puso todavía más nerviosa.

—Me habría conformado con unos espaguetis —declaró Nic.

—Bueno, ya sabes lo que dicen: «Amor con hambre no dura».

Nic se apartó como si se hubiera quemado y Rowan

se obligó a reírse para que no viera el daño que eso le producía.

—Por lo visto, a ninguno se nos da bien entender las bromas del otro —se burló dándole un trago a su agua con limón para disimular—. Lo cierto es que me gusta y se me da bien cocinar —añadió—. Mi madre tuvo un novio francés que era chef y que me enseñó muchas cosas. Por ejemplo, cómo montar una cena a la altura de mi madre —le explicó con frialdad—. Así que, ya ves, una herramienta inútil más que tengo. He traído vino de Burdeos, por si quieres una copa —concluyó.

—¿Por qué dices que es inútil? —le preguntó Nic abriendo la botella en cuestión.

—Porque no me gusta cocinar porque otra persona me lo ordene y no tengo estudios oficiales.

Nic sirvió dos copas de vino.

—No, gracias —le dijo Rowan cuando le ofreció una.

—¿No quieres vino?

—No es que no lo quiera, me encantaría probarlo porque seguro que está muy bueno, pero no lo necesito y quiero demostrarme a mí misma que puedo no beberlo.

—Llevaste mala vida al dejar el conservatorio, ¿verdad?

—Eso ya lo he pensado yo muchas veces —contestó Rowan recordando la mañana en la que se había despertado sin recordar lo que había sucedido la noche anterior, dándose cuenta de que se parecía demasiado a su padre—. ¿Qué te parece? —añadió sacando de la nevera una bandeja de entremeses.

Nic silbó maravillado y Rowan sonrió encantada.

—Tú nunca has tenido problemas con el alcohol, ¿verdad? —le preguntó, pues no recordaba haberlo visto borracho jamás.

–No me gusta descontrolar –contestó Nic.

–¡Vaya, qué sorpresa! –se rio Rowan–. Supongo que tu madre lo habrá pasado mal teniendo un hijo con tanto carácter como tú –comentó añadiéndole un poco de vino al guiso y dándose cuenta de que Nic se había quedado en completo silencio–. Lo siento... no sé si tu madre está viva o no... no quería...

–Tranquila, no pasa nada –le dijo Nic–. Sí, mi madre está viva y no creo que fuera ningún problema para ella hasta que su marido se dio cuenta de que yo no era hijo suyo. Entonces, me mandaron a un internado y no la volví a ver.

Rowan sintió una gran sorpresa y una gran curiosidad, pero Nic no le contó nada más, así que se concentró en cortar la carne en rodajas muy finas y en colocarla en los platos con la guarnición de verduras de varios colores y las croquetas de patata. A continuación, dibujó un zigzag con la salsa sobre la carne, añadió un espárrago envuelto en jamón y trocitos diminutos de pepino y terminó añadiendo unos cuantos brotes de berros y tres rabanitos en cada plato.

–La mesa está puesta –anunció–. ¿Me abres la puerta, por favor?

Nic la siguió y le colocó la silla para que se sentara antes de ocupar su lugar.

–Tiene una pinta maravillosa –comentó sinceramente mientras admiraba su plato.

–Pues al ataque –contestó Rowan intentando mantener a raya su curiosidad, pero sin conseguirlo–. Nic, no puedo evitar preguntártelo... ¿tu madre nunca fue a verte al internado?

Capítulo 8

LA CARNE estaba tan suave que se le podría haber derretido en la boca. Sí, estaba mejor que ninguna de las recetas de los distintos cocineros que había tenido a su servicio, pero se le estaba atragantando.

Debería haber mantenido la boca cerrada. Su vida se había hecho añicos cuando había salido a la luz que no era hijo del marido de su madre. No solía hablar de ello, pero se le había escapado con un solo sorbo de vino tinto. ¿Habría sido porque estaba relajado después del sexo? ¿Acaso la cercanía física lo había confundido, haciéndolo sentirse emocionalmente cómodo con Rowan?

¿Qué podía hacer ahora? Si se negaba a hablar de ello, Rowan se daría cuenta de que era un asunto que todavía le hacía daño y, por otra parte, estaba enfadado y quería mostrarle a Rowan un aspecto de Olief que probablemente ella no conociera.

–¿Quién es tu madre? ¿Cómo la conoció Olief? –le preguntó Rowan.

Su curiosidad no era escabrosa. Eso lo podría haber soportado. No, Rowan parecía realmente preocupada por él. Ella nunca había sufrido en sus carnes que la hubieran ignorado y no podía entender que se lo hicieran a un niño.

Nic sintió miedo de haber sido él el culpable de todo, un miedo que le acompañaba desde pequeño.

–Mi madre era azafata de vuelo. Según me contó Olief, se acostaron tras haberse conocido en el avión, cuando él volvía de un viaje de trabajo especialmente duro.

–¿Crees que lo hacía a menudo? A mi madre le daba mucho miedo que la engañara porque había engañado a su primera mujer, pero... espera, no quiero que me lo cuentes –se arrepintió–. Prefiero no saberlo.

–Lo cierto es que no lo sé –contestó Nic–. Lo que sí sé a ciencia cierta es que no tuvo más hijos. No quería que su esposa supiera de mi existencia. Intentaron durante todo su matrimonio tener descendencia, pero no lo consiguieron.

Rowan lo miró confundida.

–Si quería hijos, ¿por qué no te buscó?

–Porque se avergonzaba de mí.

Rowan lo miró con los ojos muy abiertos.

–¿Por qué dices eso? No lo sabes.

–Porque me lo dijo, Rowan. Se lo pregunté y eso fue lo que me contestó.

–Estoy segura de que se sentía avergonzado de sí mismo –contestó Rowan–. Y, si no lo estaba, debería haberlo estado –añadió enfadada.

Aquello sorprendió a Nic, que sabía que Olief era como un dios para ella. Aquella reacción de Rowan rompió sus defensas y le llevó a un lugar muy profundo de sí mismo, un lugar que protegía mucho.

–¿Por qué no hizo algo tu madre? ¿Por qué no insistió para que te reconociera? ¿O lo hizo? Porque dijiste que te había pagado la educación, ¿no?

–Sí, me pagó la educación –contestó Nic mirando fijamente la copa de vino que tenía ante sí–. Ella tampoco hizo nada porque yo era un secreto vergonzoso para ella también –añadió como si las palabras le quemaran al salir–. No le había dicho a su marido que, cuando se casó con él, ya estaba embarazada de mí, así que aceptó lo que Olief quiso darle, es decir, pagarme la educación en un internado para que todos pudieran fingir que yo no existía.

Rowan sintió que se le quitaba el apetito. Comprendía el terrible rechazo que Nic había sufrido. Ahora entendía su coraza, su distanciamiento y sabía que, por dentro, sufría y sentía vergüenza de sí mismo.

Se moría por ponerse en pie, acercarse a él y abrazarlo para consolarlo, pero sabía que no debía hacerlo. Rowan comprendía que Olief hubiera querido proteger a su mujer, pero hacerle daño a un niño...

—¿Cómo se supo...? ¿Cómo salió la verdad a relucir? —le preguntó.

—Mi madre y su marido son los dos griegos, los dos muy morenos. A veces, los bebés salen rubios y luego se van oscureciendo, pero, cuando yo empecé a ir al colegio y seguía siendo rubio y no me parecía en absoluto al hombre que todo el mundo creía que era mi padre, se hizo obvio que allí había gato encerrado.

—Entonces, ¿él también quiso apartarte? ¿Después de años creyendo que eras su hijo? ¿Qué relación tienes con él ahora?

—Ninguna. En cuanto mi madre admitió que yo no era hijo suyo, no me volvió a hablar —contestó Nic sin ninguna inflexión en la voz.

—No lo dirás en serio.

—Era un canalla, así que fue mejor así —contestó Nic siguiendo comiendo.

Rowan sintió que el dolor la envolvía.

—No me puedo creer que todos los adultos que se suponía que tenían que haberte cuidado de ti te metieran en un internado como si fueras un delincuente enviado a prisión.

Nic le dio un trago al vino.

–El internado no estaba mal. Se me daba bien estudiar, así que sacaba buenas notas. Pronto me di cuenta de que estaba solo y de que lo mejor que podía hacer era aprovechar aquella oportunidad. ¿Qué lleva la salsa? Está muy buena.

Rowan estaba metida en la bañera, todavía desconcertada por lo que Nic le había revelado. Después de lo que había contado, apenas había dicho nada más, había fregado su plato y se había ido con la excusa de que tenía que trabajar.

Rowan siempre había creído que Olief y él no se llevaban bien por culpa de Nic, pues solo aparecía cuando su padre lo invitaba y lo hacía como si le estuviera haciendo un favor. No solía dejar ningún cepillo de dientes en la habitación que ocupaba y se pasaba la mayor parte del tiempo por ahí, en su descapotable.

Olief tenía muchas respuestas que dar.

Rowan estaba enfadada con él. Furiosa. De pequeño, Nic había necesitado que su padre biológico se hiciera cargo de él cuando el que lo había criado lo había rechazado, pero Olief lo había ignorado también, haciendo así que Nic fuera incapaz de confiar en los demás.

¿Cómo había sido capaz de hacerle una cosa así a un niño?

Rowan volvió a sentir la imperiosa necesidad de consolarlo, pero sabía que Nic no se lo permitiría. Probablemente, se arrepentía de haberle contado todo lo que le había contado y, por eso precisamente, se había encerrado a trabajar en su despacho.

Rowan se secó el pelo y se lo cepilló y se preguntó

si ir a buscarlo, pues siempre cabía la posibilidad de que le cerrara la puerta en las narices y no sabía si podría soportarlo.

El sueño se apoderó de ella, la noche anterior apenas había dormido, así que decidió descansar un poco.

Nic se asomó al dormitorio y vio a Rowan dormida sobre la cama, con una expresión de inocencia total en el rostro.

Su motivo para estar allí, sin embargo, no tenía nada de inocente. Tras varias horas pensando en ella en su despacho, había accedido a su necesidad primaria de sexo y había subido a buscarla.

Habérsela encontrado dormida era un regalo porque odiaba ser tan débil como para no poder resistirse a ella y sabía que, si Rowan abriera los ojos en aquel momento y lo mirara, estaría perdido.

Nic la tapó delicadamente con el edredón y se dijo que aquello era lo mejor porque Rowan estaba empezando a gustarle demasiado, con sus maravillosas comidas y sus empáticas palabras, y se suponía que lo suyo solo era sexo.

Nic apretó los puños y se dijo que, aunque le hubiera gustado acostarse con Rowan aquella noche, no necesitaba hacerlo porque no la necesitaba a ella.

A la mañana siguiente, Rowan se despertó y se sorprendió al ver que estaba tapada con el edredón.

Nic estaba encerrado en su despacho, así que, sintiéndose ignorada, se dirigió al dormitorio principal y allí abrió el armario de su madre y sacó algunos de sus vestidos.

–Ya eres un poco mayorcita para andar disfrazándote, ¿no? –le preguntó Nic una hora después.

–La gente suele decirme que me parezco mucho a mi madre y yo les doy las gracias, pero no sé si realmente es un cumplido –comentó Rowan.

–Era muy guapa y tú también lo eres, pero no porque te parezcas a ella.

Rowan se sonrojó porque la admiración de Nic tenía un claro componente sexual, tragó saliva e intentó no sonreír demasiado.

–¿A qué has venido? Lo digo porque, si sigues halagándome de esa manera, a lo mejor te encuentras con que me parezco a mi madre también en otras cosas... por ejemplo, en que me encanta dar pie a los hombres que me admiran –lo incitó Rowan.

Nic la miró como un depredador y se acercó a ella.

–Ya lo sé –aseguró–. Te lo he visto hacer muchas veces. ¿Por qué lo haces? ¿Eres tan insegura como ella?

Rowan se quitó el pañuelo de seda de su madre con el que había estado jugando y lo devolvió a su percha.

–¿Cómo voy a saber cómo soy si siempre me han dicho lo que debo hacer, de lo que debo hablar, dónde debo ir y cómo me tengo que comportar? –le espetó furiosa porque la hubiera llamado insegura–. Cuando mi madre me envió a París, creí que por fin podría elegir por mí misma, pero no fue así. Por supuesto, en parte, fue culpa mía. Cuanto más me empeñaba en bailar, más quería tener éxito para demostrarme a mí misma que podía hacerlo. No es fácil dejar una cosa así. Es como el juego. Me decía una y otra vez que el siguiente espectáculo sería el definitivo, que por fin sería primera bailarina y mi madre estaría orgullosa de mí y yo podría comenzar a tomar mis propias decisiones –le contó.

–Y, entonces, cuando por fin tuviste esa oportunidad, te emborrachaste y lo estropeaste todo –recordó Nic.

–Así es –reconoció Rowan riéndose sin ganas–. Fue horrible –añadió con un suspiro, decidida a olvidar todo aquello–. Así que ahora he vuelto a la primera casilla, a este lugar, el único en el mundo donde a veces me he sentido yo misma, donde he sabido quién era y lo que quería. Espero poder tomar las riendas de mi vida. Tú eres un hombre de mundo. Dame algún buen consejo.

Nic se quedó mirándola perplejo. Nunca se le había pasado por la cabeza que Rowan se sintiera completamente dominada por su madre. Él siempre había creído que había tenido una infancia y una adolescencia muy felices y, como la compasión que estaba sintiendo por ella se le estaba haciendo cada vez más incómoda, se concentró en lo que Rowan le había pedido y comenzó a deambular por el dormitorio de su padre

Rowan lo miró con interés.

–¿Es la primera vez que entras aquí? –se sorprendió.

–Sí –admitió Nic–. ¿Y tú? ¿Habías estado aquí antes?

–Muchísimas veces –contestó Rowan encogiéndose de hombros.

Nic siguió paseándose por la estancia, fijándose en las fotografías con marcos de plata.

–Creo que deberías vender las cosas de tu madre y utilizar ese dinero para estudiar algo práctico, como administración de empresas.

Aunque el amor que Rowan sentía por su madre estaba marcado por la obligación y sentía cierto resentimiento hacia ella, la sugerencia de Nic no le gustó en absoluto.

—¡No puedo hacer eso! —protestó.

—¿Por qué no?

—Porque mi madre adoraba esa mesa y ese espejo... no puedes vender las cosas de los demás y hacer desaparecer sus vidas así como así —contestó sintiéndose obligada a preservar todo lo que Cassandra O'Brien había tocado—. Además, no me apetece nada estudiar administración de empresas. Qué cosa tan aburrida.

—Entonces, no sé qué decirte —confesó Nic—. No te conozco muy bien —añadió—. Yo creo que es mejor que tomes tú tus propias decisiones —concluyó volviendo a ser el hombre frío y distante de siempre.

—Tienes razón. Tengo que decidir lo que voy hacer, pero hay una cosa que tenemos que hacer entre los dos: tenemos que organizar el funeral —declaró.

—Yo no necesito hacer ningún funeral —se negó Nic inmediatamente—. Es una convención social que algunos necesitan, sobre todo si son religiosos, pero ese no es nuestro caso así que no necesitamos hacerlo.

—Es una manera de cerrar esta fase de nuestras vidas —le aclaró Rowan mirándolo con intensidad y pensando que había sido una imbécil.

¿Se había creído que acostándose con él las cosas iban a cambiar? ¿Había creído que Nic se suavizaría y comenzaría a sentir la vida? Nic negó con la cabeza al comprobar que Rowan seguía siendo una sentimental.

—¿Qué quieres, que leamos cada uno un poema en el jardín?

—¡No hace falta que seas tan sarcástico! —gritó Rowan—. Había pensado en reunir a sus amigos en una capilla en Atenas.

—Ah, que lo que quieres es organizar una fiesta —se burló Nic—. ¡Haberlo dicho antes, mujer!

—¡No es una fiesta sino un funeral! —insistió Rowan–. ¿No te han llamado sus amigos, acaso? ¡Quieren despedirse de ellos!

–Y ya lo han hecho cuando me han llamado –contestó Nic–. No hay ninguna razón para volver a remover todo eso. ¿Qué pasa? ¿Necesitas un baño de multitudes? ¿Te sientes demasiado sola aquí, Ro? Pues vete.

¡Ahora sí que le había dejado claro lo que significaba para él el tiempo que habían estado juntos!

Rowan elevó el mentón en actitud desafiante.

–¿De verdad no tienes la necesidad de despedirte de ellos? ¿O es que vas a hacer lo mismo que Olief te hizo a ti, no hacerle ni caso? –le espetó aun a sabiendas de que estaba siendo injusta.

Nic la miró intensamente, en silencio, con las mandíbulas apretadas.

–He dicho que no –contestó yéndose.

Nic mantuvo las distancias durante los siguientes días. Si Rowan se hubiera acercado, tal vez, habría hablado con ella, pero no lo hizo porque estaba siguiendo su consejo, embalando las cosas de su madre, así que se pasaba el día entero en su habitación.

Si se hubiera acercado a él, tal vez, Nic le habría abierto los brazos, pero lo que no estaba dispuesto a hacer era dar el primer paso. Era demasiado orgulloso. Se estaba mostrando tan intransigente que le dolían los hombros de la tensión, pero no podía soportar que Rowan le hubiera echado en cara lo que él mismo le había contado. Aquello ponía de manifiesto que, efectivamente, no debía confiar en nadie.

No debía permitir que nadie se acercara a él, no quería que nadie pudiera hacerle daño. Si eso significaba quedarse sin sexo, sin sonrisas y sin momentos de dulzura, estaba dispuesto a ello. De todas maneras, tampoco necesitaba todas esas cosas y en cuanto a aquella sensación extraña en el pecho, algo parecido a echarla de menos, era una estupidez porque seguía estando en la misma casa.

En aquel momento, llamaron a la puerta. Nic se estaba afeitando.

–¿Nic?

Nic se ató una toalla alrededor de la cintura y abrió la puerta.

Rowan había entrado en su habitación y lo miraba sorprendida, como si no esperara encontrarlo despierto y duchado, pero, ¿qué esperaba a las seis y media de la mañana?

Rowan llevaba una bata corta apenas anudada sobre el pijama. Su olor a cama, una mezcla de almendras y té, llegó hasta Nic, que sintió un deseo irreprimible.

Rowan se sonrojó y dio un paso atrás. A Nic le entraron ganas de tomarla en brazos y llevársela a la cama, pero, al ver que parecía exhausta, se preocupó. Tenía ojeras y estaba bastante pálida.

Él tampoco estaba durmiendo bien. El deseo de sexo era tan fuerte que se pasaba el día entero trabajando, pero eso no impedía que las noches estuvieron plagadas de sueños eróticos.

Darse cuenta de que ella también estaba sufriendo no le produjo ninguna satisfacción.

–Dime –le dijo separando los pies para que su evidente respuesta física no se hiciera patente.

Rowan tragó saliva y se pasó una mano por el pelo.

–Acabo de oír la sirena del ferry. Está llegando. Se me había olvidado por completo que habían cambiado los horarios entre semana.

–¿Y? –quiso saber Nic.

–Y que tendría que hacer mi equipaje ahora mismo a no ser que me llevaras tú a la ciudad a las dos.

Nic la miró confuso.

–¿Cómo?

Rowan se cruzó de brazos y le habló con paciencia exagerada, lo que lo molestó todavía más.

–Creía que iba a tener tiempo para hacerte entrar en razón, pero me tengo que ir –le explicó–. A no ser que me lleves en helicóptero y, así, tendremos tiempo de pelearnos a gusto.

–¿Sobre qué? –le preguntó Nic tensándose todavía más.

Rowan tomó aire y se lo lanzó.

–Sobre el funeral.

Capítulo 9

¿CÓMO? ¿El funeral?

La manera que tuvo Nic de pronunciar aquellas palabras hizo que Rowan temblara, pero ya era demasiado tarde para echarse atrás. Había sabido desde el principio, desde que había comenzado a organizar el funeral, que la peor parte sería decírselo a él. Tampoco había sido fácil encontrar el dinero para pagarlo, pero lo había conseguido. También había conseguido evitar a Nic, conseguir que no oyera sus conversaciones telefónicas.

Ahora había llegado el momento de explicarle, con paciencia, por qué actuaba así, conseguir que la entendiera. El problema era que el ferry hacía sonar su sirena cuando llegaba al cabo. Eso quería decir que, entre que bajaban unos pasajeros y subían los siguientes, disponía solo de treinta o cuarenta minutos para llegar al puerto. Empezó a sospechar que no iba a tener tiempo suficiente para explicarle a Nic su forma de actuar.

—Te dije claramente que no íbamos a organizar ningún funeral —siseó él enfadado.

—Efectivamente, no hemos organizado ningún funeral —contestó Rowan con toda la calma de la que fue capaz—. Yo he organizado el funeral, no nosotros. Te invito por cortesía, así que decide lo que quieres hacer porque me tengo que ir.

–¿Cómo has podido? –la increpó Nic apretando los puños.

–Muy bien, pasamos a la opción dos. Nos peleamos –contestó Rowan, que estaba dolida porque Nic llevaba días ignorándola–. ¿Quieres saber cómo lo he hecho? Para empezar, yo a ti no te tengo que pedir permiso para hacer nada y, además, tengo dinero para hacer lo que quiero.

–¿Haciendo de gogó? –se burló Nic.

–Por supuesto –contestó Rowan como si tal cosa–. Además, esta vez, como necesitaba mucho dinero para pagar esta súper fiesta que estoy montando, me he comprometido a bailar completamente desnuda, ¿qué te parece?

Nic la miró ultrajado e incluso dio un respingo.

–Espero que eso no sea cierto –le advirtió.

–¿Y a ti qué te importa? –le gritó Rowan.

Aquel estaba siendo el momento más duro de su vida y Nic se lo estaba poniendo todavía más difícil con su actitud. Su rabia la impulsó a seguir y a pronunciar palabras rencorosas y viperinas.

–¿A ti qué te importa que yo me venda en las esquinas? ¡No soy más que la chica con la que te acuestas cuando te aburres y a la que ni siquiera das los buenos días ni las gracias por la comida ni un beso de buenas noches! ¡Si me hubieras hablado durante estos días, tal vez, te habría contado lo que estaba haciendo, pero me has estado ignorando por completo. ¿Qué te pasa, Nic? ¿Me odias ahora más que nunca por haberte acostado conmigo?

Nic la agarró de los hombros.

–¿Qué quieres de mí? ¿Flores? ¿Atenciones? ¿Amor? No vas a tener nada de eso. Yo no soy así. Si lo que echas de menos es el sexo, sin embargo, no tienes más que pedirlo –le advirtió.

Rowan se dio cuenta de que los dos estaban excitados. Además, se había percatado de que Nic no quería desearla y aquello la enfadó todavía más, lo que le dio fuerza para hacer lo que sabía que lo descontrolaría completamente, así que le arrancó la toalla y la tiró al suelo.

–¿De verdad quieres? –le preguntó Nic llevándola de espaldas hacia la pared.

–¿A ti qué te parece? –lo retó Rowan.

Nic la agarró de la cintura, sin dejar de mirarla ni por un momento a los ojos, le abrió la bata y le metió las manos entre las piernas. Rowan ahogó una exclamación ante aquella invasión que había provocado la completa humedad de su entrepierna, pues hacía días que Nic no la tocaba.

Nic se rio al comprobar que no llevaba bragas y la tomó de las nalgas. Rowan se apoyó en la pared y le pasó las piernas por la cintura al tiempo que le colocaba los brazos sobre los hombros.

La angustia de la soledad hizo que se comportara de manera completamente desvergonzada, pues sabía muy bien lo que quería, que Nic la penetrara con fuerza.

Estaba completamente preparada, húmeda y necesitada, así que, cuando Nic se adentró en su cuerpo con una sola embestida, gritó de placer y se aferró a su cintura con determinación.

Nic maldijo en voz alta e intentó ir más despacio, pero Rowan no se lo permitía. Lo tenía agarrado por dentro y por fuera y lo obligaba a seguir embistiéndola.

Lo que estaba sintiendo era muy fuerte. Quería absorberlo. Le tomó la cabeza entre las manos y le succionó con fuerza el labio inferior. Nic se apoyó en la pared y comenzó a moverse más rápido y más fuerte, haciendo que el cuerpo de Rowan reaccionara con violencia.

Las sensaciones iban en crescendo. Rowan se aferraba

a él con fuerza, decidida a llevárselo con ella cuando llegara al orgasmo.

Nic sintió su clímax cuando llegó, con toda su fuerza y se dejó ir también con una explosión de calor tan intensa que sintió que la piel se le congelaba. Después, se quedó tan débil que lo único que pudo hacer fue quedarse donde estaba, permitiendo a sus músculos que se recuperaran mientras percibía los temblores de Rowan.

No se había puesto preservativo.

Al darse cuenta de aquello, inhaló aire con fuerza. Al hacerlo, Rowan dejó de acariciarle el cuello como lo estaba haciendo, con mucha ternura. Nic sintió la pérdida como algo muy profundo. La cabeza le pesaba demasiado y no la podía levantar. Además, no quería salir de su cuerpo, sentir el aire correr entre ellos, no quería separarse de Rowan, pero tuvo que hacerlo.

—Rowan...

—Si pierdo el ferry por tu culpa, no te lo perdonaré jamás —le espetó ella con frialdad.

El maldito funeral. Nic se enfureció, pero comprendió que alguno de los dos tenía que ir, así que decidió ceder.

—Voy a avisar al piloto para que tenga listo el helicóptero —anunció enfadado con ella por ponerlo en aquella situación—. No me he puesto preservativo —añadió cuando Rowan estaba ya en la puerta.

—Lo sé, pero no pasa nada. Todo está bien. No estoy en día fértil.

No, nada estaba bien, nada de lo que había sucedido estaba bien.

«Así que así es como se hacen los bebés», pensó Rowan mientras se duchaba, sorprendida de la fuerza con la que Nic y ella se habían encontrado, como dos células con la imperiosa necesidad de compartir su ADN.

El hecho de que le fuera imposible quedarse embarazada debería haberla llenado de alivio, pero no hizo más que acrecentar el terrible sentimiento de soledad que la había martirizado durante toda la semana.

¿Por eso lo había provocado? ¿Para que le hiciera caso? ¿Había recurrido al truco más viejo del mundo para reducir la distancia entre ellos? ¿Acaso creía que iba a poder servirse del sexo para que Nic no la dejara? Qué tontería.

Lo único que podía suceder era que la odiara todavía más por obligarlo a perder el control.

Rowan salió de la ducha muy triste y prefirió no mirarse en el espejo. Tenía que actuar, así que se maquilló decidida a ocultarle a Nic y a todos los demás su dolor.

Unos minutos después, Nic llamó a la puerta del baño para informarla de que podían irse en cuanto estuviera lista.

–Nos arreglaremos en mi casa. Necesito un traje –le dijo a través de la puerta.

–Muy bien –contestó Rowan.

Aquel intercambio de frases impersonales hizo que se entristeciera todavía más. Le había dicho a Nic que no estaba en día fértil, pero no era cierto. Lo que le pasaba era que su cuerpo había dejado de ser fértil por estar por debajo del peso que le correspondía, algo muy común entre las bailarinas. Nunca le había dado mucha importancia, pero ahora se le antojaba un detalle fundamental.

Afortunadamente, Nic no parecía necesitar hablar. Como no podía distanciarse físicamente de ella, por lo visto, había decidido hacerlo mentalmente y se estaba comportando como si el encuentro sexual de aquella mañana no se hubiera producido.

De hecho, esperó hasta haber llegado a Atenas para preguntar por el funeral, para saber dónde y a qué hora iba a tener lugar y quién lo iba a oficiar.

Rowan contestó a sus preguntas.

—He intentado que la prensa no se entere, lo que resulta de lo más irónico y difícil teniendo en cuenta que Olief era dueño de la mitad de los periódicos y de las televisiones del mundo —dijo.

Nic no se rio.

—¿Y cómo lo has pagado?

Rowan pensó que Nic estaba haciendo lo mismo que ella, es decir, hablar del funeral para no tener que pensar en lo que había sucedido entre ellos unas horas antes o, quizás, se había conformado con su respuesta sobre el día no fértil y estaba deseando quitarse el funeral de encima y seguir adelante con su vida.

Rowan tragó saliva.

Nic la invitó a pasar a su ático y Rowan descubrió una casa preciosa, de habitaciones comunicadas las unas con las otras alrededor de una piscina al aire libre con unas vistas del Partenón espectaculares. Ahora comprendía por qué Nic se podía sentir encerrado en Rosedale. Aquella casa luminosa y soleada era un paraíso.

—El agente de mi madre me ha prestado el dinero —contestó al ver que Nic esperaba una respuesta.

—Quiero que me lo presentes para que se lo pueda devolver.

Rowan se sintió herida en su orgullo. Había decidido organizar el funeral ella sola y no iba a permitir que Nic acudiera en su ayuda.

—Yo pagaré todo —le aseguró.

–Es responsabilidad mía y lo pagaré yo –insistió Nic.

–¿No querías que me hiciera responsable? –le recordó Rowan–. Si quieres, paga la mitad. Yo pagaré la otra mitad y, como no quiero deberte dinero a ti, prefiero que me lo preste Frankie.

–No empieces una pelea que no puedes ganar, Rowan.

–Preferiría que no nos peleáramos.

–Qué graciosa –contestó Nic sin pizca de humor, cerrando la puerta.

Enfadarse con Rowan por haberle obligado a deberle dinero a un desconocido por el funeral de su propio padre era mucho más fácil que sentir el inmenso vacío que percibía en el pecho porque le permitía encerrar sus emociones profundamente, de tal manera que casi olvidó para qué se estaba arreglando hasta que salió al vestíbulo.

Rowan llevaba un sencillo vestido negro. Su silueta, tan graciosa como siempre, se le antojó demasiado delgada, lo que lo preocupó. Rowan llevaba el pelo recogido con un pañuelo morado y, al verlo aparecer, se acercó a él.

Nic se tensó, como le sucedía siempre que la tenía cerca, y no pudo evitar recordar lo que había sucedido aquella mañana. Rowan lo había retado y, cuando él había recogido el guante, lo había acompañado en la cópula como si fuera tan importante para ella como para él. Había sido un encuentro primitivo y brutal. Nic nunca había deseado así a ninguna otra mujer y la culminación había sido mucho más que física, diría que espiritual.

Había sido todo tan brutal que se le había olvidado utilizar protección, lo que había sido toda una temeridad por su parte. Rowan le había dicho que no pasaba nada, que no estaba en un día fértil, pero, ¿y si se había equivocado?

Nic sintió que la habitación comenzaba a darle vueltas. ¿Y si se quedaba embarazada? ¿Qué harían? Comenzó a sentir que le sudaban las manos. El perfume de Rowan lo invadía todo, también sus pensamientos. Le hubiera gustado abrazarla, pero la última vez que lo había hecho se había comportado como un animal, lo que le recordó que lo que le había dicho Rowan era cierto: era incapaz de querer.

Nic se sintió culpable mientras esperaba a ver por qué Rowan se había acercado tanto. Entonces, se fijó en que llevaba dos broches sobre el corazón. Uno era un trébol de cuatro hojas y el otro era el emblema de los Marcussen.

—¿Y eso de dónde lo has sacado? —le preguntó.

—Los he mandado hacer —contestó Rowan quitándole el alfiler de corbata que llevaba y sustituyéndolo por el de su familia.

Su cercanía y su dulzura mientras llevaba a cabo aquel gesto tan sencillo lo desarmó y le impidió articular palabra. Por otra parte, le recordó su conexión familiar con el hombre a cuyo funeral iban a acudir. Aquel no era él. A él lo había rechazado como hijo. Y, por lo tanto, nunca sería un buen padre.

Nic sintió un terrible frío en su interior. Rowan se dio cuenta, le pasó las manos por los hombros para colocarle bien el traje y ajustó el pañuelo que sobresalía del bolsillo.

—No —le dijo Nic porque no podía soportar que lo tocara cuando se sentía tan vulnerable.

Rowan elevó la mirada hasta sus ojos. Nic se dio cuenta de que tenía los labios magullados todavía. Le pareció que sus ojos también estaban doloridos y su vulnerabilidad lo conmovió. Se pasó la lengua por dentro del labio inferior y tocó el lugar en el que Rowan le había clavado los dientes por la mañana, cuando se había dejado llevar por el deseo.

–Ya sé que todo esto te parece la idiotez de una egoísta, pero lo hago por ellos –comentó Rowan apartándose–. Bueno, tal vez también un poco por mí –confesó–. Sé que decepcioné a mi madre muchas veces y quiero recompensárselo de alguna manera.

Nic sintió compasión por ella, pero Rowan ya se había alejado de él.

–No estoy enfadado por el funeral –le dijo.

–Entonces, ¿por qué estás enfadado? –le preguntó Rowan a pesar de que ya lo sabía.

Era evidente que Rowan era consciente de que lo que había sucedido aquella mañana no tendría que haber sucedido. ¿Se daría cuenta también de lo mal que lo estaba pasando por haberlos puesto en aquella situación al olvidarse del preservativo? Hubiera dado cualquier cosa por poder tomarla entre sus brazos y rogarle que, si se quedaba embarazada, no hiciera nada de lo que se pudiera arrepentir, pero sabía que era mejor dejarla en paz, dejar que tomara sus propias decisiones porque él no estaba capacitado para comprometerse con una mujer ni con un niño.

¿Por qué se preocupaba tanto? Rowan le había dicho que no estaba en un día fértil. Aquello le dio cierta pena, pero estaba tan acostumbrado a no contactar con sus sentimientos que, una vez más, no lo hizo.

En aquel momento, llamaron al telefonillo y los dos dieron un respingo.

–El coche –anunció Nic.

Rowan asintió y se puso el abrigo antes de que a Nic le diera tiempo de reaccionar para ayudarla.

–Después del funeral, terminaré de recoger las cosas de mi madre y me iré, te lo prometo –le aseguró Rowan.

Aquellas palabras le provocaron un vacío en el pecho.

«Dolor», pensó Nic.

Llevaba todo un año escondiéndose en el trabajo y en el gimnasio, huyendo del dolor, y se le hizo evidente que su negativa a organizar un funeral no era más que un intento de seguir haciéndolo pero, en aquel momento, lo único que le importaba era Rowan. Ya no le importaba su propio dolor sino el de ella.

Era evidente que Rowan estaba sufriendo porque tenía prisa por marcharse, lo que lo llenó de angustia. Nic bajó en el ascensor y vio pasar ante sus ojos la ciudad, diciéndose que lo que le tenía preocupado era el funeral y nada más.

«Después del funeral, terminaré de recoger las cosas de mi madre y me iré, te lo prometo».

Cuando bajaron del coche y comprobó que Rowan estaba pálida, se preocupó todavía más.

–¿Te encuentras bien? –le preguntó temiendo que fuera a vomitar.

–Es miedo escénico –contestó Rowan llevándose la mano a la boca del estómago–. No he comido, así que no tengo nada que echar. Se me pasará en breve –le aseguró bajando del coche como un fantasma recién salido de la tumba, pero moviéndose de manera elegante, como de costumbre.

¿De verdad no estaba preocupada ante la posibilidad de haberse quedado embarazada? ¿O sería que, de estarlo, tenía muy claro que el bebé nunca llegaría a nacer?

Nic agarró a Rowan del brazo mientras subía las escaleras. Ya había mucha gente sentada en el interior. Cientos de personas. En cuanto ellos se sentaron, el sacerdote los invitó a recapacitar, lo que se le antojó surrealista dado el estado mental en el que se encontraba, pero también tranquilizador.

Entonces, comprendió que Rowan tenía razón, que aquello era lo que tenían que hacer. Cuando la vio avanzar hacia el púlpito unos minutos después, vio que había recuperado el color, pero era evidente que seguía sin encontrarse bien.

Aquella mujer era mucho mejor que él, había sobrevivido a una infancia difícil y ahora era capaz de hablar bien de su madre mientras que él no tenía más que malos recuerdos de su infancia. Desde luego, no tenía nada que ofrecerle a una mujer y a un hijo, solo la misma crudeza con la que él había vivido.

Si Rowan se había quedado embarazada, sería una tragedia, así que Nic rezó para que no hubiera sido así a pesar de que había algo en él que quería lo contrario. Sentía la profunda e innegable necesidad de ser mejor de lo que había sido, de olvidarse de Olief, que jamás había sido ejemplo para él.

Rowan lo miró a los ojos mientras Nic lidiaba con la necesidad de ser todo lo que su padre no había sido. Se le rompió la voz y se llevó la mano a la boca. El autodominio la estaba abandonando y Nic temió que a él le fuera a ocurrir lo mismo.

Sin pensar lo que hacía, se puso en pie y se colocó a su lado. Estaba acostumbrado a hablar en público, pero aquello era diferente. Jamás compartía lo que estaba sintiendo con nadie y ahora se estaba exponiendo ante los demás.

Tomó a Rowan de la mano. La tenía helada, así que le apretó los dedos. Rowan le señaló un punto en la página y Nic comenzó a leer.

–*Olief intentó ser un buen padre para mí...*–comenzó, pero no pudo continuar. Olief lo había intentado con Rowan. A lo mejor eso era lo que tenía que aprender, que tenía que dejar atrás la imagen de mal padre que tenía de él e intentarlo, cuando le llegara el momento, por sí mismo.

Rowan le apretó la mano, intentando no irse abajo al ver la congoja de Nic. Estaba realmente preocupado ante la posibilidad de que se hubiera quedado embarazada. Lo había comprendido perfectamente y le hubiera gustado poder tranquilizarlo, pero el temor la había obligado a callar.

Cuando se había puesto delante de los demás para cantar las glorias de su madre como una buena hija y se había encontrado con que lo único en lo que podía pensar era en que su madre tenía la culpa de que ella no tuviera la menstruación, se había ido abajo. Lo cierto era que, mucho antes de inscribirla en las clases de ballet, ya le controlaba hasta la última caloría de lo que ingería.

Rowan se sentía como una hipócrita teniendo que hablar bien de una mujer hacia la que, en realidad, sentía mucho rencor. Entonces, había mirado a Nic a los ojos y había comprendido que no quería que se hubiera quedado embarazado y se había dado cuenta de que ella, por el contrario, hubiera querido ser capaz de concebir.

Todo aquello había sido demasiado.

Nic acabó con unas cuantas palabras propias y Rowan tragó saliva y dio gracias de poder volver a sentarse. Nic no le soltó la mano, lo que Rowan le agradeció sobremanera. Una amiga de su madre se puso en pie para entonar una balada irlandesa.

Lo peor había pasado.

Ya solo le quedaba aguantar la recepción que iba a tener lugar en el salón de al lado sin que nadie se diera cuenta de su tensión interior.

—No hace falta que te quedes —le dijo a Nic cuando les tocó ponerse en pie para pasar al salón.

—Me voy a quedar —le aseguró él, sin embargo.

Rowan sintió miedo. Le habría encantado salir corriendo, pero se dijo que no podía, que no sería una reacción madura por su parte, así que aguantó a pesar de que presentía que Nic tenía preparada una charla en toda regla con ella y no estaba preparada para enfrentarse a aquella situación.

—Como quieras —murmuró soltándose de su mano y permitiendo que la muchedumbre que le quería dar el pésame la arrastrara.

Nic había creído que, por cómo lo agarraba de la mano, Rowan lo necesitaba a su lado, pero ahora parecía deseosa de perderlo de vista. ¿Estaría enfadada con él por lo que había ocurrido? Tenía todo el derecho del mundo, pues, al fin y al cabo, él era el experimentado y tendría que haber puesto cuidado.

La observó mientras se movía en el salón lleno de empresarios, actores, actrices y famosos en general. Por primera vez, no vio a una niña mimada que quería ser el centro de atención sino a una joven que se preocupaba de atender a todo el mundo, de prestar atención a todos los allí reunidos, acercándose personalmente a saludar a cada uno.

Nic cumplió con su parte y saludó a unos y otros,

agradeciéndoles su presencia, pero no pudo evitar pensar que a Rowan se le daba mucho mejor que a él, lo que lo llevó a pensar que hacían un buen equipo y que, si sus vidas quedaran vinculadas por un hijo...

Nic se apresuró a apartar aquel pensamiento de su mente.

La idea de anhelar ser padre mientras estaba despidiendo al suyo se le antojaba muy confusa, así que se concentró en buscar a Franklin Crenshaw. Cuando lo localizó, se acercó a él y, tras elogiar la calidad de los quesos y los vinos, le habló con sinceridad.

—Muchas gracias por todo lo que ha hecho. Por favor, hágame llegar la factura.

Frankie negó con la cabeza.

—Rowan se ha encargado de todo. Yo solo le he dado el dinero, que es lo fácil —comentó—. Supongo que no debería sorprenderme que le haya pedido que se haga cargo de su deuda conmigo porque sabe perfectamente cómo me la quiero cobrar.

—No puede bailar —le aclaró Nic recordando su pierna herida.

—Ya, pero puede actuar —contestó Frankie aceptando una copa de vino—. No puede más —comentó de repente, mirando a Rowan—. Nadie se da cuenta, pero, cuando Rowan no puede sonreír, es que está fatal.

Nic comprendió que él era la causa por la que Rowan no podía sonreír y se sintió morir.

—Supongo que ni habrá comido —añadió Frankie.

Nic maldijo en voz baja, se excusó y se fue.

Para cuando volvieron a casa de Nic, Rowan se encontraba tan cansada que apenas podía desabrocharse las botas.

Nic se quitó la chaqueta del traje y sirvió dos copas de brandy. Rowan dejó la suya en la mesa más cercana, como llevaba haciendo con todo lo que le había ido ofreciendo durante aquel día, fuera café, té o comida.

Nic suspiró.

–No te enfades, Nic –le rogó Rowan–. Es que no me apetece nada.

–No estoy enfadado, pero tenemos que hablar.

–Ahora, no. Quiero irme a dormir y cerrar este día cuanto antes –contestó siendo sincera pues, además del funeral, la tensión de lo que había sucedido entre ellos también la tenía exhausta–. Me voy a la cama.

Una vez a solas, Nic recogió la copa de Rowan y consideró la posibilidad de ir tras ella, pero, ¿para qué? No, Rowan tenía razón. Era mejor irse a dormir y descansar para poder empezar el nuevo día con buen pie.

Sin embargo, cuando se dirigía a su habitación, al pasar por delante de la puerta del dormitorio de Rowan, la oyó llorar y aquello hizo que se parara en seco y que abriera la puerta lentamente.

Rowan estaba sentada al borde de la cama, se había quitado solo una manga del vestido y la tela había quedado de cualquier forma alrededor de su cuerpo, que se balanceaba hacia delante y hacia atrás mientras ella se tapaba el rostro con las manos.

Nic sintió una tensión tan fuerte en el centro del pecho que temió que le fueran a estallar los pulmones. Por instinto, entró en la habitación y se acercó a ella.

–Ro, ya –le dijo.

–Lo estoy intentando –sollozó Rowan mientras las lágrimas le caían por las mejillas y le emborronaban el maquillaje–, pero nada va a volver a ser lo mismo...

Era tal su desconsuelo que Nic temió perder el control y sintió la imperiosa necesidad de salir de allí. Era evidente que Rowan seguía siendo una niña a la que le tocaba asumir más responsabilidades de las que podía.

Entonces, se preguntó si no se habría aprovechado de ella llevándosela a la cama porque, en aquellos momentos, estaba pasando por momentos muy bajos. A lo mejor, por eso precisamente se había entregado a él. Rowan había perdido la vida que había conocido hasta aquel entonces y se enfrentaba a un futuro incierto.

–Tranquila –le dijo Nic, desesperado por reparar su error–. Todo va a salir bien, Rowan –le aseguró.

A continuación, la desvistió y la metió en la cama. Ya hablarían al día siguiente. De momento, necesitaba quedarse a solas para dilucidar qué haría si la había dejado embarazada.

–No te vayas, Nic, por favor –le rogó Rowan.

Nic dudó, pero, al final, se quitó los zapatos y se metió vestido en la cama con ella para abrazarla, pues estaba temblando.

–Quédate hasta que me haya dormido –le pidió Rowan–. Luego, te puedes ir. Lo siento.

–No, el que lo siente soy yo –contestó Nic con angustia–. Duérmete tranquila, todo va a ir bien –mintió mientras la posibilidad de un embarazo no planeado le rondaba la mente.

Capítulo 10

ROWAN se estiró y, al abrir los ojos, se encontró con la mirada azul de Nic fija en ella. Entonces, recordó la crisis nerviosa de la noche anterior. Había sido un día muy duro, en el que se habían mezclado tensiones y presiones de diferentes ámbitos de su vida que, al final, la habían llevado a desbordarse.

Era comprensible, pero haber permitido que Nic la viera así le parecía más arriesgado y expuesto que todo lo que había compartido con él en los momentos de pasión.

Queriendo ocultar su vulnerabilidad, se incorporó dejando que el pelo le cayera por la cara.

—Dios mío, ¿me acabas de entregar tu virginidad? No creo que hayas pasado muchas noches completamente vestido en la cama con una mujer sin practicar sexo con ella. Sé sincero, ¿con cuántas lo habías hecho antes que conmigo?

—Ha vuelto —comentó Nic en voz baja, apartando el edredón y poniéndose en pie—. Para que lo sepas, no has sido la primera —añadió—. Mi hermana pequeña se solía meter en la cama conmigo cuando tenía pesadillas.

Rowan lo miró confusa.

—¿Tienes una hermana pequeña? ¿De tu madre?

—Sí, y dos hermanastros también.

—Vaya, familia numerosa. ¿Por qué nunca hablas de ellos?

—Porque no hablo con ellos —le aclaró Nic echando

los hombros hacia atrás–. Mi tía solía invitarnos a todos a pasar una semana juntos en verano cuando vivía en Katarini, pero, cuando se fue a vivir a Estados Unidos, el marido de mi madre decidió que era mejor que dejáramos de vernos porque no le gustaba que sus hijos hablaran de mí cuando volvían a casa.

–¡Qué mala persona! –exclamó Rowan ante tanta crueldad–. Pobre tu madre –añadió con empatía.

–¿Pobre mi madre? –repitió Nic atónito.

–Sí –contestó Rowan encogiéndose de hombros–. Qué horror tener que seguir casada con un hombre así. Seguramente no fue a verte al internado por su culpa. Debía de ser un controlador.

–Siguió casada con él porque quiso –la corrigió Nic–. Así lo eligió. Lo eligió a él y no a mí –añadió.

Rowan comprendió que Nic se mostraba distante con los demás porque eso era lo que los demás le habían enseñado a hacer y sintió que el corazón se le terminaba de romper.

–¿Qué otras opciones tenía? –le preguntó–. Ya habían nacido tus hermanos, ¿no?

–Había nacido mi hermana y uno de los niños y estaba embarazada del otro –admitió Nic preguntándose por qué demonios estaban hablando de aquello.

–¿Lo ves? ¿Qué puede hacer una mujer que tiene tres hijos y un cuarto en camino? No puede hacerse cargo de ellos y trabajar a la vez. Al final, tuvo que elegir entre destrozarles la vida a aquellos tres o solo a uno –recapacitó–. No estoy diciendo que hiciera lo correcto, solo que todas las opciones que tenía eran malas. Qué horror.

–Pues que no se hubiera casado embarazada de mí –contestó Nic con furia–. Podría haberle pedido a Olief que se hiciera cargo de nosotros. La verdad es que, teniendo en cuenta que cada uno de ellos tenía su pareja, ¡para empezar, no tendrían que haberme engendrado! —gritó.

—¿Lo dices porque tú crees que todos los embarazos deberían planearse? —le preguntó Rowan con el corazón en un puño—. A veces, no ocurre así, Nic —añadió intentando hacerle ver que todo el mundo cometía errores—. A veces, tenemos que tomar decisiones difíciles en la vida. A juzgar por tu reacción ante mis esfuerzos hacia ti, no te interesa tener una familia, así que, ¿qué harías? —le preguntó directamente, pasando a lo personal—. ¿Te casarías conmigo?

—La pregunta es: ¿Qué harías tú? —le espetó Nic.

Rowan sintió su frío y su distancia y se entristeció. No acababa de comprender su pregunta. Estaba convencida de que Nic no quería que se hubiera quedado embarazada. ¿Estaría esperando que le dijera que, de haberse quedado embarazada, abortaría?

—Sería un milagro que me hubiera quedado embarazada, así que, por supuesto, lo tendría —le dijo con determinación—. Pero no te preocupes, no te pediría que te casaras conmigo —le aclaró también con frialdad—. Mi madre se casó a la fuerza y eso le destrozó la vida, así que yo no cometería el mismo error.

Dicho aquello, se levantó de la cama y se encerró en el baño, donde intentó recuperar el control diciéndose que estaban haciendo una montaña de un grano de arena, pero, una vez en la ducha, se llevó la mano a la tripa y deseó con toda su alma que aquel grano de arena ya estuviera allí.

«Por supuesto, lo tendría».
Nic se revolvió en el asiento trasero del coche.

El por supuesto, a lo mejor, sobraba, pero se alegraba de que Rowan lo hubiera dicho así, lo que era
una locura porque la idea de tener un hijo con ella debería hacerlo temblar de miedo.

Hacía años que había decidido no tener hijos. Había
tomado aquella decisión, en parte, dejándose llevar por
lo que había visto en los países del Tercer Mundo en
los que había trabajado. Niños que se morían de hambre y padres que no podían hacer nada para impedirlo.
Entonces, había pensado que traer hijos al mundo era
un acto irresponsable.

Por otro lado e igual de importante, no quería tener
hijos porque estaba convencido de que no estaba prepa-
rado para ser un buen padre. ¿Cómo iba a serlo cuando
no era capaz de comunicar sus sentimientos?

Rowan se dio cuenta de que la estaba mirando fijamente.

—No has desayunado, ¿verdad? —la reprendió.

—Como dijiste que el coche ya había llegado...

Nic dio instrucciones al conductor para que parara
en un lugar cercano. Una vez allí, pidió un yogur con
fruta para Rowan, para que se lo comiera inmediatamente, mientras les traían comida a los dos.

—No creo que me vaya a entrar nada más que el yogur —puntualizó Rowan una vez a solas.

—No pasa nada, yo tengo hambre. Lo que no quieras
tú, ya me lo comeré yo —contestó Nic.

—¿Tú tampoco has desayunado? —se burló Rowan.

—No, pero yo no tengo que comer por dos —contestó
Nic.

—Yo, tampoco —respondió Rowan poniéndose seria.

—Eso no lo sabes.

Rowan elevó el mentón en actitud desafiante.

Nic apretó los puños.

–Por cierto, sí, me casaría contigo –le dijo.

Rowan se sintió como si Nic hubiera puesto a sus pies un cofre lleno de tesoros, pero de plástico, no de verdad, sin valor. Fue tal la confusión que no pudo seguir escuchando lo que le decía.

–Ten muy claro que querría formar parte de la vida de mi hijo –acertó a oír.

Al instante, sintió un inmenso alivio. Saber aquello le hacía tener esperanzas. Nic era como un diamante en bruto. Tenía potencial.

Rowan tragó saliva. ¿De qué le servía saber que Nic podría llegar a ser un buen padre si jamás sería con ella? Tenía que decirle que no podía tener hijos, pero no quería hacerlo, había algo dentro de ella que se negaba.

Sin darse cuenta de lo que hacía, se sacó la alianza que siempre llevaba colgada al cuello y se puso a juguetear con ella.

–¿Qué es eso? –le preguntó Nic.

–La alianza de mi madre –contestó Rowan con naturalidad.

–¿Tu madre estaba casada? –se sorprendió Nic.

Rowan asintió.

–¿Con tu padre?

Rowan volvió a asentir.

–¿Y por qué llevas el apellido de tu madre y no el de tu padre?

–Precisamente, para que no se sepa que mi madre estaba casada –contestó Rowan.

–¿Está vivo? ¿Lo ves? ¿Tienes contacto con él? –preguntó Nic interesado.

Rowan se preguntó por qué estaban hablando de su padre.

–Sí, está vivo –contestó levantando la cuchara de la

mesa para comerse el yogur y no tener que seguir conversando.

—¿Quién es? —insistió Nic.

—Un pintor italiano —se vio obligada a contestar Rowan.

—Entonces, tienes familia —recapacitó Nic echándose hacia atrás en la silla.

—Así es, pero... es alcohólico —confesó algo tensa—. Sigue siendo mi familia, por supuesto, pero no puedo contar con él —añadió a pesar de que no hablaba de su padre jamás—. Es un artista increíble, pero le cuesta terminar los cuadros que empieza, así que no vende mucho. Olief sabía que yo me hacía cargo de mantenerlo y le pagaba el alquiler con mi paga y no le importaba. Nic, por eso he aceptado trabajar de gogó últimamente. Entre que me había roto la pierna y todo lo demás, llevaba un tiempo sin ver a mi padre y, cuando volví... —le explicó tragando saliva al recordar el olor y las cucarachas que había encontrado por todas partes—. No me puse de gogó para comprarme ropa y caprichos sino porque mi padre necesitaba ayuda —concluyó.

—Dijiste que el matrimonio le había arruinado la vida a tu madre, pero tú pareces querer a tu padre —recapacitó Nic.

—Así es —le aseguró Rowan—. Es mi padre y lo quiero. El hecho de que sea alcohólico no me impide quererlo. Mi madre se arrepintió siempre de haberse casado con él. Se lo echaba en cara porque la había convencido para casarse para que yo fuera hija legítima, lo que a mi madre le impidió luego casarse con el hombre al que verdaderamente quería. Eso me hace pensar que nunca hay que casarse porque haya un hijo en camino sino porque sientas algo por la otra persona y la otra persona sienta algo por ti.

Nic desvió la mirada y Rowan se dio cuenta, horrorizada, de que acababa de admitir que se quería casar por amor. No había nada de malo en ello, pero le daba vergüenza que Nic se hubiera dado cuenta de cuánto lo anhelaba porque era evidente que no podría quererla jamás. Se lo estaba diciendo con su actitud. Rowan sintió que se le saltaban las lágrimas.

En aquel momento, el camarero les llevó la comida, que tomaron en silencio.

Nic había cerrado con llave cuando se habían ido, así que Rowan sacó la llave del bolso y se dispuso a abrir la puerta de Rosedale.

Al entrar en el vestíbulo, los dos suspiraron de alivio, pero Rowan sabía que tenía una tarea difícil por delante, así que sacó la llave del aro del llavero y la dejó sobre la mesa.

Nic la miró con una pregunta obvia en los ojos.

–Cuando me vaya, ya no la necesitaré –contestó Rowan intentando mantener la calma y comprendiendo que, efectivamente, se tenía que ir.

Inmediatamente, pensó en las cosas de su madre que le quedaban por recoger y se dijo que lo mejor que podía hacer era hacerlo cuando antes para no pensar en sus sueños adolescentes, aquellos sueños que jamás se harían realidad. Nic jamás la amaría y entendía por qué era incapaz de hacerlo, así que había llegado el momento de seguir adelante con su vida.

–Rowan –tronó Nic.

Su tono de voz la paró en seco.

–Si estuvieras embarazada...

Rowan no quería mantener aquella conversación y así se lo iba a hacer saber cuando se dio cuenta de que

Nic estaba enfadado. Miró la llave que tenía en la mano y se calló. Sintió que la sangre se le iba del rostro y tuvo que agarrarse a la barandilla de la escalera.

–Si estoy embarazada, ¿qué? –lo retó desesperada–. ¿Me regalarás Rosedale para celebrarlo? No estoy embarazada, a ver si te enteras. ¡No puedo tener hijos!

Capítulo 11

ANIC le quemaba la llave en la mano como si fuera una bala que hubiera agarrado al vuelo para impedir que le impactara en el pecho, pero el pecho le dolía. En realidad, le dolía todo el cuerpo mientras veía correr a Rowan escaleras arriba.

Dio un paso al frente porque las palabras no le salían, tal había sido su sorpresa. Se tropezó con las maletas y se dejó caer en el primer escalón, donde se quedó sentado con los codos apoyados en las rodillas y los puños apretados con fuerza.

¿Cómo había podido ser tan idiota de creer que iba a suceder? ¡Claro que no! Él no tenía derecho a vivir algo así. Se sintió profundamente desilusionado y tragó saliva. ¿Por qué le importaba tanto no ir a ser padre? ¿Cuándo había permitido que le importara tanto?

Le dio pena Rowan, que había bajado sus defensas permitiéndole que viera el fondo de su alma, revelándole un gran secreto...

Sentía la necesidad de ir tras ella, pero, ¿qué podía hacer él frente a algo tan absoluto e irreparable como la infertilidad?

Nic se pasó las manos por el rostro y se dio cuenta de que no podía controlarlo todo en la vida. Le daba igual no conseguir las cosas que significaban algo para sí mismo porque sabía vivir con aquello, pero le mataba la pena al pensar que Rowan, que quería formar una familia, no pudiera hacerlo.

Ojalá fuera de otra manera.

Nic se puso en pie lentamente y subió las escaleras con intención de esconderse en su despacho a trabajar, pero se encontró pasando de largo ante la puerta, dejándose llevar por los sonidos que procedían de la habitación de Rowan, que tenía la puerta abierta. Desde allí, la miró y vio que estaba sentada en la cama cerrando una caja de cartón con cinta adhesiva.

Cuando lo vio, se paró brevemente, lo justo para darse cuenta de que estaba allí. Luego, siguió con su tarea.

Nic se fijó en el desorden. Había cajas apoyadas en las paredes y las fotografías y los adornos habían desaparecido. No le importaba lo que Rowan se estuviera llevando porque no se sentía vinculado con aquellos objetos, pero se dio cuenta del peso que había cargado sobre sus espaldas.

Rowan era una mujer muy sentimental. No en vano llevaba colgada del cuello una alianza barata que había sellado un matrimonio no deseado. Era evidente que organizar aquella mudanza no estaba siendo fácil para ella.

Lo que a Nic le había parecido lo correcto por hacer se le antojó, de repente, lo más equivocado del mundo. Incluso cruel. Se preguntó si serían imaginaciones suyas o si Rowan parecía haber perdido peso desde el día anterior. A lo mejor era por la camiseta ancha que llevaba, pero parecía muy flaca y frágil.

–¿Sabías que Olief estaba pensando en escribir una autobiografía? –le preguntó acercándose al rincón de la ventana y abriendo una caja para sacar unos sobres amarilleados por el paso del tiempo–. Estas cartas se las escribió a su mujer desde diferentes lugares en los que estuvo trabajando. También hay otras cosas. Fotografías, premios, artículos. Son cosas interesantes –añadió en un tono de voz alegre completamente forzado.

Nic no aceptó las cartas que le tendía porque estaba completamente concentrado en ella, que estaba tan al borde que iba a estallar de un momento a otro. De hecho, cuando sus ojos se encontraron brevemente, fue tal la vulnerabilidad que Rowan se apresuró a volver a meter las cartas en la caja y volverla a cerrar.

–Creí que te gustaría tenerlas porque, a lo mejor, te ayudan a comprender quién era Olief –comentó encogiéndose de hombros como si tal cosa.

Era cierto que Nic sentía curiosidad, por supuesto que la sentía y, además, comprendía que aquel gesto por parte de Rowan era equivalente a pedirle perdón, lo que se le antojaba completamente innecesario en aquellos momentos porque sabía que no había sido ella la culpable de que él no pudiera haber entablado una relación con su padre.

El único culpable era él, pues Olief le había tendido la mano varias veces, en incontables ocasiones, pero él nunca se había acercado más de lo estrictamente necesario.

Al comprender a aquella realidad, Nic sintió un tremendo dolor, pues se hacía patente que no sabía cómo relacionarse con los demás. Nunca había querido estar cerca de los demás porque nunca había tenido a nadie que estuviera cerca de él.

Entonces, ¿para qué había ido a buscar a Rowan?

–He pensado que yo voy a hacer lo mismo con las cosas de mi madre –estaba comentando ella–. He decidido que le voy a dar todo ese material a alguien. Así, sus fotografías y sus carteles servirán para algo.

–No he venido a hablar de las respectivas biografías de nuestros padres –contestó Nic.

–Ya, bueno, yo no quiero hablar de lo que has venido a hablar, así que, o te comprometes a hacerte cargo del material, o se lo doy a la competencia –le advirtió Rowan con la espalda muy recta–. Yo creo que lo que toca hacer es crear una fundación o algo así, ¿no te parece?

Nic sabía que la conversación iba a resultar dura, pero necesitaba más detalles.

–No tenía ni idea, Ro –dijo sinceramente–. ¿Lo sabían Olief y tu madre?

Rowan elevó el mentón, pero no pudo evitar que la compostura se les resquebrajara y tuvo que darse la vuelta rápidamente para disimular. No se podía creer que le hubiera espetado aquello a Nic de aquella manera, con tan poca delicadeza. Le hubiera gustado poder decir que le daba exactamente igual ser estéril, pero no era cierto y no podía verbalizarlo.

–Según mi madre, daba igual –consiguió decir por fin, mirando por el ventanal, hacia la playa.

–¿Cómo que daba igual? –le preguntó Nic en tono escéptico.

–Verás, es bastante normal que las mujeres que estamos por debajo de nuestro peso dejemos de menstruar –le explicó intentando ceñirse a la realidad científica del asunto–. Yo llevo años sin hacerlo. He engordado un poco desde que dejé el conservatorio, pero no lo suficiente como para que mi sistema hormonal se regule y, quizás, ya no se regule nunca.

Nic se quedó en silencio.

–Según mi madre, tener hijos habría dado al traste con mi carrera profesional. Supongo que, en aquel momento, me pareció que tenía razón porque, si mi futuro era practicar, bailar y viajar, no iba a tener mucho tiempo para ocuparme de ellos, así que pensé que no tenía importancia, que era mejor así –reconoció Rowan con un nudo en la garganta–. En cualquier caso, tampoco quise pensarlo demasiado, pero ahora que ya no bailo y que mi madre ya no está en mi vida... –suspiró –... Ahora, me doy cuenta de que me hubiera gustado formar una familia.

Al decirlo, Rowan se dio cuenta de que, por primera vez en su vida, sabía lo que realmente quería. Aquello hizo que se calmara. A pesar de que sabía que no lo iba a tener con él, saber que tenía claro lo que quería le daba cierta paz interna.

–A lo mejor algún día... –aventuró mirando hacia atrás–. Si Dios quiere... cuando sea el momento y encuentre al hombre correcto, por supuesto –añadió para que Nic no creyera que se estaba refiriendo a él–. Es evidente que esas circunstancias no se dan ahora, claro, porque todavía tengo que cuidar de mi padre y, además, como tú muy bien me repites constantemente, soy una inmadura que ni siquiera sabe cuidarse de sí misma. Además, no tengo casa ni trabajo ni... ni tú quieres tener un hijo conmigo ¿verdad? – murmuró–. Seguro que habrías sido un padre fantástico, pero, ¿quieres ser padre?

Nic sintió que se quedaba helado. ¿Cómo iba a admitir que le hubiera gustado tener un hijo con ella después de lo que Rowan le había contado? Le pareció que le causaría demasiado dolor.

–¿Quieres tener hijos? –insistió ella.

Nic dudó. No quería que Rowan creyera que no los quería tener con ella, así que abrió la boca para hablar y, aunque le costó hacerlo, consiguió ser sincero.

–Podría ser... una segunda oportunidad –declaró sintiendo que se le rompía el corazón.

¿Una segunda oportunidad? ¿Qué pretendía? ¿Recuperar su infancia a través de la de sus hijos?

–¿Qué quieres decir? –le preguntó Rowan enarcando las cejas–. ¿Una segunda oportunidad para quién? –añadió.

A Nic le pareció detectar esperanzas en sus ojos, pero no pudo pararse a examinarlos porque había vuelto a aquella mañana de niebla en la que había llegado al internado, cuando había comenzado su nueva vida, aquella vida en la que todo el mundo lo había abandonado.

–Una segunda oportunidad para mí –admitió tragando saliva porque le parecía que sonaba patético–. Yo también quiero una familia.

Rowan lo miró anonadada.

–Me he dejado llevar –se disculpó Nic.

–Pues déjate llevar –lo animó Rowan yendo hacia él.

Pero Nic elevó las manos para indicarle que no lo tocara. No quería que lo tocara cuando se sentía tan expuesto. Rowan se paró en seco y se dio cuenta de que Nic estaba tan necesitado como ella.

–No pasa nada –le aseguró él.

Rowan sintió que los ojos se le llenaban de lágrimas por haberlo provocado y haberlo llevado al desenfreno, haciendo que se olvidara del preservativo, permitiendo que Nic se hiciera ilusiones de que le podía dar lo que quería cuando ella jamás podría dárselo.

Por otra parte, si Nic la quisiera, podrían encontrar la manera de formar una familia, pero Nic no la quería y no tenían futuro juntos.

Rowan agachó la cabeza y se apartó un mechón de pelo de la cara. Nic se preguntó qué estaría pensando.

–Sé que no soy como otras personas, que me quedo

al margen de las cosas, que no vivo la vida. Intento hacerlo lo mejor que puedo, pero no llego. Si tuviera hijos, serían como yo, estériles emocionalmente hablando.

–No, Nic, eso no es verdad...

Nic alzó una mano en el aire para indicarle que no había nada que pudiera decirle, que lo tenía muy claro y Rowan se dio por vencida. A Nic le hubiera encantado poder decirle que lo ayudara, pero sabía que hubiera sido muy injusto por su parte hacer algo así. No quería cargar a Rowan con sus problemas.

No se podía empezar una relación así. Cuando una persona decide empezar una relación tiene que hacerlo sintiéndose completa, capaz de ofrecer algo para construirse con la otra persona. Si no se tiene ese algo, es mejor no iniciar la relación y alejarse.

–Tengo cosas que hacer –anunció.

Rowan no contestó inmediatamente, se quedó mirándolo con los ojos muy abiertos.

–Yo, también –murmuró al cabo de unos instantes.

Nic salió de la habitación sintiendo los ojos de Rowan clavados en él.

–¿Me estás diciendo que el departamento jurídico te está retrasando? –preguntó Nic una semana después, apenas escuchando la letanía de excusas que le estaban dando desde el otro lado.

–Sí, así es...

–Graeme, tienes que aprender a ser más directo. Dile a Sebastyen que me llame –se despidió colgando el teléfono.

Se estaba comportando como un canalla, tratando mal a un empleado, algo que nunca había hecho antes.

Llevaba una semana sin dormir y sin comer a pesar de que Rowan le preparaba guisos maravillosos y postres de chocolate, los que más le gustaban.

Necesitaba que aquella tensión insoportable terminara, pero no quería que Rowan se marchara aunque el momento se acercaba inexorablemente.

En aquel momento, le entró una llamada de Sebastyen, que fue directamente al grano.

—Estamos esperando que la petición esté firmada y que se haya procedido a la lectura del testamento. ¿Has recibido los documentos revisados? ¿Has decidido cuándo quieres hacerlo?

Nic miró qué día era. Tenía que hablar con Rowan de aquello, pero lo iba retrasando. Había llegado el momento. No podía esperar más, así que se despidió de su abogado y fue a buscarla.

La encontró en el comedor. La luz del sol entraba por los ventanales y las puertas de cristal estaban abiertas hacia el jardín.

—Rowan —la llamó.

Rowan dio un respingo y lo miró confusa, pues llevaban días sin apenas hablarse, solo lo estrictamente necesario. Los dos estaban sufriendo. Ella porque quería formar una familia y él porque sabía que no era el hombre elegido para hacerlo. Se lo había dejado claro con sus palabras. «Cuando sea el momento y encuentre al hombre correcto, por supuesto».

—¿Qué pasa?

—Nada, solo quería hablar contigo sobre los documentos que te pedí que firmaras —contestó Nic.

—Te he dicho que los voy a firmar mañana y los firmaré —contestó Rowan poniéndose a la defensiva.

—No es eso, es que el departamento jurídico tiene que hacer un cambio —le explicó Nic tomando aire—.

Les he dicho que tus padres seguían estando casados y me han dicho que, entonces, hay que cambiar unas cosas.

Rowan lo miró confusa unos segundos. Luego, comprendió. Para ella, era como si sus padres nunca hubieran estado casados pero, legalmente, sí lo estaban. Eso quería decir que el heredero de Cassandra O'Brien era su padre.

—Por favor, no le pidas a mi padre que te firme los documentos —le rogó porque quería quedarse un día más con él.

—Me ofrezco a hacerlo si tú prefieres no hacerlo —le aseguró Nic con amabilidad—. Los tiene que firmar él —le explicó.

Rowan asintió. Debería haberse dado cuenta antes, pero no había sido así porque lo único en lo que pensaba hacía días era en que se iba a ir al día siguiente. La tristeza le nublaba el raciocinio.

—Perdona, todo esto me ha pillado por sorpresa, pero se lo llevaré yo en persona, por supuesto —le aseguró volviendo a la realidad.

Nic se encogió de hombros. La conversación que habían mantenido unos días atrás los había distanciado de manera irreversible. Nic quería tener hijos y ella no podría dárselos nunca. Además, él se creía incapaz de amar y ella no podía demostrarle lo contrario cuando era evidente que no la amaba.

¿Y ella? ¿Lo amaba? Sí. Lo que había comenzado siendo un capricho de adolescencia se había convertido en algo profundo y fuerte, pero daba igual porque no habían conseguido acercarse.

A pesar de que llevaba días preparando su partida, estaba muy nerviosa, pero quería decirle unas cuantas cosas, así que tomó aire.

–Voy a aprovechar ahora que estás aquí para decirte que... ya tengo casi todo organizado –declaró–. Estas cajas de aquí las voy a mandar a un director de teatro de Londres que quiere hacer una exposición permanente. Vendrán a buscarlas mañana –añadió–. Los vestidos de mi madre los voy a subastar. Le he dado el teléfono de tu secretaria personal a la casa de subastas. Se pondrán de acuerdo con vosotros para venir a buscarlos.

–¿Tú no te vas a quedar con ninguno?

Rowan comprendía la sorpresa de Nic, pues aquellos vestidos de diseñadores famosos, hechos a medida para su madre, eran auténticas joyas, pero eran del estilo de Cassandra, no de Rowan.

–¿Y cuándo me los pondría? No, son obras de arte, así que prefiero que se subasten como tales y aprovechar el dinero para mi padre –le explicó–. Así, no tendré que volver a hacer de gogó para poder mantenerlo –se apresuró a añadir.

–¿No te vas a quedar con nada? –insistió Nic, sorprendido.

–Me voy a quedar con unas cuantas cosas, claro –contestó Rowan–. Unas cuantas fotografías y su espejo de mano, la bandejita de plata en la que dejaba sus joyas por la noche y cosas por el estilo.

–¿Y sus joyas? ¿Las vas a subastar también?

–De eso quería hablar contigo –contestó Rowan.

–Si lo que te preocupa es que yo también me las quiera quedar, no es así. Fueron regalos de Olief, así que eran de tu madre y, por lo tanto, tuyas. Si las quieres subastar para tener algo de dinero, adelante.

–No, no quiero hacer eso. No quiero aprovecharme de regalos que marcaron ocasiones importantes en sus vidas y, además, no sabré si las joyas son mías o de mi padre hasta que no hayamos leído el testamento. Hasta entonces, lo que sí que quiero pedirte es que las guardes en tu caja de seguridad porque yo no tengo.

Nic la miró de manera inescrutable. Rowan no supo interpretar aquella mirada.

–También he organizado las cosas de Olief –continuó–. Tenía esmóquines maravillosos que, si te los arreglaran un poco, creo que te quedarían muy bien –añadió tímidamente–. Me encantaría mandar uno de ellos con las cosas de mi madre a Londres si te parece bien.

–Rowan, te dije que podías llevarte lo que quisieras –contestó Nic –, pero no esperaba que lo donaras todo. ¿Por qué no te has quedado las cosas de tu madre?

–¿Y dónde las iba a guardar?

–Puedes vender algunas cosas para alquilar un piso y estudiar. ¿Es que no has pensado en tu futuro en absoluto? ¿Dónde vas a vivir?

Rowan frunció el ceño.

–Frankie me ha dicho...

–No permitas que Frankie te explote –la interrumpió Nic–. Le he pagado lo que le debías, así que no permitas que te tome el pelo. Hablando de dinero, quiero que sepas que tus tarjetas de crédito funcionan de nuevo y quiero pedirte perdón por cómo me comporté cuando te las retiré. Eso ha quedado en el pasado. Ahora nos conocemos mejor.

–¿Ah, sí?

Rowan lo dudaba mucho. Nic la creía capaz de vender cosas para hacerse con un piso, que sería lo que habría hecho su madre, pero ella se había buscado un trabajo de verdad. Era un trabajo temporal, pero le pagaban un sueldo semanal con el que podría vivir. Estaba intentando comportarse como una adulta a pesar de que su parte adolescente quería seguir aferrada a unos sueños que ya jamás se harían realidad.

–Sé que querías a Olief de verdad –comentó Nic–. Él también te quería y estoy convencido de que te habrá dejado algo en el testamento, lo que me parece bien. Lo que ya tenías antes, estoy hablando de casa y gastos de manutención, vas a seguir teniéndolo. Yo me voy a hacer cargo de ello.

Rowan sintió que el corazón le daba un vuelco.

–Déjame adivinar. Y, mientras tanto, incluso me concederás el honor de que te caliente la cama –comentó en tono sarcástico.

–No me refería a eso en absoluto –se defendió Nic.

–¿Te vas a hacer cargo de mis gastos y no te quieres acostar conmigo? –insistió Rowan.

–No voy a decir que no te deseo porque mentiría –admitió Nic–. Te sigo deseando, haga lo que haga.

Rowan se dio cuenta de que Nic hubiera preferido que no fuera así. Era evidente que Nic no estaba cómodo consigo mismo por seguir deseándola y, además, no había hablado de amor ni de compromiso en ningún momento.

Rowan se dijo que no debía permitir que aquella confesión marcara diferencias, sobre todo cuando Nic ni siquiera la miraba, cuando era evidente que quería mantener las distancias. Sin embargo, no pudo evitar mirarlo esperanzada.

–Yo también sigo sintiendo lo mismo, pero...

–Entonces, ¿por qué no continuamos lo que empezamos? –le sugirió Nic mirándola vivamente.

–¡Porque no quiero ser tu amante!

Nic sintió la fuerza de sus palabras como si le hubiera dado un puñetazo en la mandíbula.

–No quiero ser la amante de nadie –le explicó Rowan–. Yo quiero una relación basada en la igualdad, algo estable que tenga raíces. Incluso aunque... –se interrumpió y bajó la mirada hacia el suelo–. Incluso no pudiendo tener hijos, quiero algo con futuro –declaró elevando la mirada y rezando en silencio para que Nic quisiera lo mismo.

Nic apretó los puños.

–Tienes razón, por supuesto –declaró al cabo de un rato–. Lo que hubo entre nosotros no fue más que un refugio en mitad de la tormenta y es evidente que, una vez pasada la tormenta, ya no tiene sentido. No voy a volver a juzgar a Olief por desahogarse físicamente cuando lo necesitó. Ahora lo comprendo.

Aquellas palabras impresionaron a Rowan, que asintió débilmente porque no se sintió capaz de hacer nada más. ¿Qué otra cosa esperaba de Nic? ¿Que le dijera que había un hueco en su vida para ella?

No, simplemente se sentía obligado hacia ella y por eso se ofrecía a mantenerla, pero Rowan no quería tener ninguna deuda con él.

–Voy a dar un paseo –anunció.

Tenía que despedirse de Rosedale.

–No te acerques al agua –le aconsejó Nic.

Rowan se rio sin ganas y se fue.

Rowan decidió aprovechar el avión de mensajería e irse con ellos, lo que dio a Nick dos o tres segundos para reaccionar. Entró en su despacho, le anunció que así le ahorraría el trayecto al puerto y le pidió que le diera los documentos que tenía que firmar.

Nada de despedidas largas, solo el cerrarse de una puerta, el ruido de un motor que se alejaba y, luego, el silencio, un silencio que se cerraba sobre él como si estuviera en una celda. El olor de Rowan, aquel aroma a almendras dulces y a sol, cada vez más tenue, inexistente al cabo de unos minutos.

Nic se puso en pie. No se lo podía creer. Se acercó a la ventana. Llevaba días intentando prepararse para el momento de la despedida, sospechando que se iba a sentir incómodo entre las demás personas que hubieran acudido a despedir a los suyos al ferry. Había supuesto que todavía tenían aquel día, que transcurriría en silencio, como los demás, pero allí, con él.

Sintió que las piernas le temblaban y se dio cuenta de que estaba rastreando la propiedad, buscándola con la mirada, pero Rowan ya no estaba allí, no la veía en el cenador ni bajo el roble, tampoco estaba paseando entre las viñas ni desafiándolo desde el acantilado.

El día anterior la había visto deambular por la propiedad durante horas, mirando a menudo hacia la casa y había pensado que, tal vez, estuviera esperando que bajara a pasear con ella, pero no lo había hecho porque seguía impactado por la conversación que habían mantenido en el comedor, sintiéndose demasiado vulnerable.

«No quiero ser tu amante».

Cuando se había ofrecido a seguir pagando sus gastos, lo había hecho sinceramente, no lo tenía planeado. Había surgido de manera espontánea porque no quería que Rowan pasara penurias, no quería ser responsable de que Rowan tuviera que pasarlo mal. No era una joven superficial sino alguien que sabía sacrificarse por los demás aunque fueran personas de profundos defectos, como sus respectivos padres.

Nic se alejó de la ventana, salió de su despacho y fue hacia la habitación de Rowan. Allí, se encontró con las sábanas perfectamente dobladas a los pies de la cama. Aquello lo impactó. No había nada en la mesilla ni en el armario, solo perchas. Todos los cajones estaban vacíos. Incluso la ducha estaba seca. No había ni rastro de ella.

De repente, era como si jamás hubiera estado allí. ¿Qué había sido de la música que ponía para trabajar? ¿Y de su risa? Nic se moría por volver a sentir su piel desnuda.

Rowan le había entregado su virginidad y aquello debía de significar algo, ¿no? Había dicho que jamás se olvidaría de él y aun así se había ido.

–¡Maldita seas, Rowan! –gritó Nic.

Necesitaba pruebas de su existencia, así que comenzó a sacar los cajones de la cómoda y a tirarlos al suelo. Vacíos. Todos vacíos. Como era lo que tenía a mano, lanzó un cajón contra el espejo y se fijó en el hombre de rostro desencajado que lo miraba desde allí.

La imagen se hizo añicos y los restos del cristal cayeron al suelo. Se estaba volviendo loco, pero no era para menos. No lo podía soportar. Había conseguido lidiar con el terrible dolor de que el hombre que hasta entonces había creído su padre lo ignorara y de que su madre lo abandonara. Incluso había soportado que su padre biológico, Olief, le hiciera más caso a la hija de su pareja que a él.

Todo aquello había sido muy duro, era cierto, pero aquello estaba resultando mucho peor.

Nic corrió hacia el dormitorio principal y comenzó a abrir cajas en busca de alguna fotografía de Rowan, pero no encontró ninguna. Todas las fotografías y los objetos que allí había eran de Cassandra y de Olief. No había nada suyo. No quedaba nada de ella.

Rowan se había ido.

Lo habían vuelto a abandonar.

Capítulo 12

LA SECRETARIA personal de Nic le hizo saber que la casa de subastas había vuelto a llamar. Eso quería decir que el equipo de demolición también estaría listo, pero no iba a permitir que nadie entrara en Rosedale. No quería que nadie viera cómo había dejado la casa cuando se había ido y tampoco tenía fuerzas para volver a recoger.

Nicodemus Marcussen, aquel hombre al que habían encañonado en dos ocasiones con un arma, que se las había tenido que ver cara a cara con un jaguar y que había sobrevivido un brote de malaria, no tenía valor para recoger una casa y seguir adelante con su vida.

Desde luego, entendía perfectamente a las personas que les pasaba lo mismo que al padre de Rowan, que se dejaban llevar por el alcohol para ahogar el dolor de seguir vivos.

Nic se maldijo al pensar en él. Rowan necesitaba el dinero de la subasta para mantenerlo, así que no podía seguir retrasando el momento. ¿Por qué no se habría puesto en contacto con él? Prefería no pensarlo.

Nic se llevó la mano al bolsillo y tocó la llave que llevaba siempre con él y que lo hacía sentirse tan culpable. No acababa de decidirse a deshacerse de ella. Ni de la llave ni de la casa.

Rowan esperaba que lo hiciera. Todo el mundo esperaba que lo hiciera. El arquitecto le había entregado los planos del nuevo proyecto hacía semanas y los obreros estaban esperando para entrar con las piquetas.

Era el único heredero de Olief. Por supuesto, su padre había dejado dicho en el testamento que tenía que mantener a Cassandra y permitirle que utilizara Rosedale, pero la casa era suya y podía hacer con ella lo que quisiera.

Sin embargo, no parecía encontrar el momento de echarla abajo.

Mientras apretaba la llave, recordó los documentos firmados que habían llegado y que habían permitido declarar fallecidos a Olief y a Cassandra. La firma del pintor italiano figuraba en todas las páginas, pero nada de Rowan. Ni siquiera una notita para que se hiciera cargo de sus gastos.

Le hubiera encantado poder hacerlo, pero no se lo había permitido. Había hablado con Frankie, pero Rowan no había querido aceptar su dinero, lo que le había dolido mucho. Claro que, ¿qué esperaba conseguir con todo aquello?

«Contacto», pensó.

Lo que había buscado era saber que seguían vinculados de alguna manera. Aquello le hizo pensar que se estaba volviendo tan sentimental como ella. Qué ironía. Se había pasado toda la vida queriendo que su padre le hiciera caso y, cuando había tenido la oportunidad por fin, no había sabido hacerlo.

Seguía creyendo que amar era peligroso, pero eso era lo que quería con Rowan. Estaba dispuesto a sufrir, pero no estaba dispuesto a no volver a verla. Necesitaba saber que formaría parte de su futuro.

«Incluso no pudiendo tener hijos, quiero algo con futuro».

¿Cuántas veces había recordado aquellas palabras y cuántas veces había recordado lo que él había contestado, que lo que había habido entre ellos solo había sido algo temporal, un refugio en mitad de la tormenta? Lo había dicho porque estaba asustado. Era cierto que podía ofrecer a Rowan un futuro materialmente seguro, pero en lo concerniente al amor temía que su corazón estuviera demasiado dañado.

Era verdad que, a su lado, había sentido que se les congelaba un poco y aquello le había hecho pensar que, tal vez, si siguieran juntos... Seguramente, Rowan no querría volver a verlo, así que mejor haría en no plantearse cosas que no podían ser.

Nic se dijo que, a pesar del riesgo, tenía que hacerlo. Ya no era un niño de seis años desvalido y solo. Ahora era un hombre adulto que sabía luchar por lo que quería. Estaba dispuesto a hacer lo que fuera necesario para recuperarla.

Nic tomó aire y se dio cuenta de que estaba sintiendo algo importante: esperanza.

¡Estuviera donde estuviese Rowan, la encontraría y conseguiría que volviera con él, que era donde tenía que estar!

Rowan se quedó mirando a la niña entre los abrigos de los transeúntes. La pequeña estaba desesperada y asustada bajo la lluvia y gritaba. Rowan quería correr hacia ella, pero un hombre vestido con ropas modernas apareció de repente entre los campesinos irlandeses, entre los carruajes y estropeó la escena.

–¡Corten! –gritó alguien–. ¡Seguridad!

–¡Nic! – gritó Rowan corriendo hacia él–. No pasa nada, no pasa nada, lo conozco –les aseguró a los miembros del equipo de seguridad, que ya iban hacia allí.

Rowan se dio cuenta de que estaba temblando de pies a cabeza. Estaba guapísimo aunque cansado, lo que la preocupó.

–Ven conmigo –le dijo tomándolo de la manga–. Lo estás haciendo fenomenal, Milly –añadió mirando a la pequeña, que sonrió encantada y se dirigió a maquillaje.

Rowan condujo a Nic al tráiler de un compañero e intentó respirar con normalidad, lo que no resultaba fácil teniéndolo tan cerca. Cuánto le hubiera gustado besarlo, abrazarlo, acariciarlo, estar con él. Rowan intentó controlarse, encontrar su equilibrio y comportarse como un ser humano racional, pero llevaba tres meses sin verlo, sin saber nada de él.

–¿Qué haces aquí? –le preguntó airada.

–¿Por qué tienes ese acento tan fuerte? –le preguntó Nic mirándola extrañado, sin contestar a su pregunta.

–Porque ahora vivo aquí y estoy enseñándole a esa niña a hablar con acento irlandés para que pueda hacer la película sin acento estadounidense. Soy su profesora de dicción.

Nic se pasó los dedos por el pelo.

–Frankie me dijo que estabas en Irlanda, rodando una película, pero no sabía que no eras tú la actriz... ¿podemos hablar en algún sitio?

Rowan se mordió el labio inferior, sorprendida porque quería ir con él a cualquier sitio. Sin embargo, tenía que tener cuidado.

–Estamos rodando una escena –le recordó con paciencia.

–¿Te gusta este trabajo?

Rowan se miró en sus ojos azules. Cuánto los había echado de menos.

–Sí –contestó–. Si detecto que están exigiéndole demasiado a Milly, les puedo decir que paren. Además, la niña es un encanto. No sé qué haré luego. Frankie me ha propuesto una película en Italia, pero todavía no hay nada seguro. De momento, este trabajo me permite pagarme una casa –le explicó Rowan intentando que pareciera que todo estaba siendo muy fácil para que no se diera cuenta de cuánto lo estaba echando de menos.

–Sí, sobre eso... –comentó Nic llevándose la mano al bolsillo–. He hecho unas cosas –declaró con una mezcla de arrogancia y timidez que puso a Rowan en guardia.

–¿Qué cosas?

Nic se sacó la mano del bolsillo y dejó una llave sobre la mesa en la que estaba apoyada Rowan. Rowan la reconoció al instante. No se lo podía creer. ¿Había ido hasta allí para decirle que había tirado la casa abajo?

–Es tuya, Ro.

–¿Rosedale?

La magnitud del regalo era demasiada y tuvo que llevarse una mano a la boca ante la sorpresa. Las lágrimas le resbalaban por las mejillas porque no quería vivir en aquella casa tan grande sin él.

–No puedo aceptarla –sollozó.

–¿Prefieres que la tiren? –le preguntó Nic alargando la mano para recuperar la llave.

Rowan fue más rápida, la agarró y se la llevó al corazón.

–¿Por qué? ¿Así lo dejó dispuesto Olief en su testamento?

–No, porque yo quiero, lo he decidido yo. Olief dejó una cantidad de dinero para tu madre, pero me nombró a mi único heredero. ¿No has visto la copia del testamento de tu madre que te mandamos?

Rowan se encogió de hombros. Sí, la había visto, por supuesto, pero no eran más que vestidos, bolsos vacíos y joyas que no quería vender.

–Me han escrito preguntándome por los vestidos –comentó con el ceño fruncido.

–Ya lo sé –contestó Nic–. Otra de las cosas que he hecho ha sido ir a ver a tu padre –anunció.

–¿Cómo? –se sorprendió Rowan–. ¿Para qué?

–Porque pensé que, si mi padre quería que me hiciera cargo de Cassandra, ahora que ella no está, a lo mejor, no estaba de más hacerme cargo del que fuera su marido –le explicó Nic–. No me mires así, todo fue bien. Nos caímos bien. Ahora sé de quién has heredado tu sentido del humor. Además, fui a verlo por la mañana, así que estaba bastante sobrio –le explicó–. He comprado el edificio en el que vive, así que olvídate de pagar el alquiler, y he contratado a un hombre que ha trabajado antes con alcohólicos para que vaya a cuidarlo todos los días. Le hará la comida y limpiará la casa.

–Todo esto es increíblemente generoso por tu parte, Nic –contestó Rowan mirándose las puntas de los zapatos–. Te devolveré el dinero...

Nic la tomó del mentón y le acarició el labio inferior con la yema del dedo pulgar. Luego, la obligó a mirarlo a los ojos.

–Ni lo sueñes.

–Pero...

Lo tenía tan cerca que se estaba derritiendo por dentro. Qué difícil le estaba resultando no girar la cabeza y besarlo en la palma de la mano.

–No quiero deberte nada –le dijo.

–Ni tampoco quieres ser mi amante, ya lo sé. No estoy intentando comprarte, Rowan. Lo único que quiero es saber que estás bien –confesó Nic–. Quiero saber que irás a Rosedale de vez en cuando y que, a lo mejor, en alguna de esas ocasiones puedo verte. Necesito saber que sigues formando parte de mi vida.

–¿Quieres verme? –le preguntó Rowan esperanzada.

Nic volvió a meterse la mano en el bolsillo y, en aquella ocasión, sacó una cajita de terciopelo que dejó también sobre la mesa.

–Quiero casarme contigo.

Aquello sorprendió tanto a Rowan que se encontró dando un paso atrás. Al hacerlo, se dio contra una silla y se sentó como una muñeca desmadejada. Acto seguido, se tapó la cara con las manos. Aquello era demasiado. Primero la llave y ahora un anillo.

–Por favor, Rowan, te quiero en mi vida. Si no puede ser constantemente, por lo menos que sea de vez en cuando, como antes, que nos podamos seguir viendo unas cuantas veces al año. Lo que tú quieras, pero, por favor, no me hagas seguir viviendo así. Me siento muy solo y ni siquiera me puedo acercar a Rosedale porque sé que tú no vas a estar allí y eso me mata. Ni siquiera puedo mandarla tirar abajo porque en su interior están los mejores recuerdos de mi vida.

–Nic... –murmuró Rowan con voz trémula, sintiendo que el corazón le latía aceleradamente–. ¿Me quieres? –se arriesgó a preguntarle–. No, no, no hace falta que lo digas –se retractó creyendo ver que se cerraba de nuevo.

–Quiero hacerlo –le aseguró Nic.

Era evidente que no le salía.

–No, tranquilo, no hace falta que digas nada. Es suficiente con que estés aquí. Yo te quiero. Siempre te he querido –declaró Rowan con alegría, feliz de podérselo decir por fin.

–¿Siempre me has querido? –se sorprendió Nic agarrándola con fuerza de los brazos.

Rowan se dio cuenta de que acababa de cometer un gran error. ¿Cómo se le había ocurrido abrirle así su corazón? Era evidente que Nic no sentía por ella lo mismo que ella sentía por él.

–Si me quieres, ¿por qué me dejaste? –quiso saber Nic, desesperado–. Me destrozaste.

–Pero si tú siempre me has odiado. Me pediste que me quedara única y exclusivamente porque querías acostarte conmigo –le recordó dolida–. Además, como yo nunca podré darte hijos y tú quieres tenerlos...

Nic maldijo en voz baja y la estrechó contra su pecho.

–Llevo toda la vida luchando contra ti. No quería nada contigo porque sabía que me destrozarías si te dejaba entrar en mi vida y así ha sido porque ahora no puedo vivir sin ti. Sí, es cierto que me habría encantado poder tener hijos contigo, pero ya formaremos una familia de otra manera. Nos tenemos el uno al otro. Es suficiente porque te quiero.

–Nunca he querido hacerte daño –le aseguró Rowan abrazándolo con fuerza–. Ni siquiera sabía que tenía la capacidad de hacértelo.

–Sí, la tienes, te lo aseguro, Ro.

Rowan comprendió que estaba bajando la guardia por completo al reconocer aquello. Sabía que eso era mucho para él, un gran sacrificio. Se hizo la firme promesa de no hacerle daño jamás.

Nic encontró su boca y se besaron con reverencia y lágrimas. Nic le acarició el pelo con una mano y con la otra la empujó contra su cuerpo.

–¡A ver si os buscáis otro sitio! –exclamó su compañero al abrir la puerta.

La volvió a cerrar y Rowan se rio.

–Cuánto he echado de menos tu sonrisa –le dijo Nic con ternura–. ¿Sabes? Creo que ese compañero tuyo tiene razón –bromeó–. Bueno, ¿qué hacemos? Yo me quiero casar cuanto antes –insistió.

–¿Estás seguro? –le preguntó Rowan–. Podemos esperar, vivir juntos un tiempo, ver cómo nos va...

–No, quiero que sea cuanto antes –la interrumpió Nic.

Rowan sonrió encantada, comprendiendo que Nic no quería que se le escapara, que la quería en su vida para siempre.

–Bien –accedió–. Nos casaremos. Yo también me quiero casar contigo, Nic, porque te quiero.

Nic abrió la cajita de terciopelo.

–En realidad, he traído el anillo para demostrarte que iba en serio. No esperaba que me aceptaras... –reconoció poniéndole el anillo de diamantes y esmeraldas en el dedo.

–¿Seguro que no querías comprarme? –bromeó Rowan con lágrimas en los ojos.

Nic le entregó también la llave de la casa, pero Rowan se la metió en el bolsillo de la chaqueta.

–Quiero que la tengas tú –le dijo–. No quiero ir a Rosedale si no es contigo.

Ambos tomaron aire y estuvieron a punto de volverse a besar, pero Rowan lo impidió.

–Ayúdame a ser responsable –le pidió–. Tengo que terminar la jornada de trabajo. Luego, podremos irnos a mi casa. No es que sea gran cosa, pero algo me dice que te va a dar igual porque no vas a ver mucho, no vas a tener más ojos que para la cama.

–No voy a tener ojos más que para ti.

Epílogo

Ocho meses y medio después...

Nic nunca cerraba la puerta por si Rowan necesitaba algo, pero lo cierto era que los martillazos y las radiales hacían un ruido horrible y le hubiera gustado irse a Atenas. No podía hacerlo porque Rowan quería supervisar la reforma.

Él no había tenido necesidad de hacer obra, pero Rowan había insistido en hacerla, conservando los elementos originales de Rosedale, pero abriendo la casa a un esquema de vivienda más parecido al que Nic quería. Como le había parecido que, así, la casa sería de los dos, él había accedido.

—¿Nic? —dijo Rowan entrando extrañada al encontrar la puerta cerrada.

—He cerrado porque no podía trabajar con tanto ruido. ¿Estás bien? —le preguntó al verla preocupada—. ¿Qué pasa? ¿Quién era? —añadió al ver que Rowan tenía el teléfono en la mano.

—Nos hemos puesto de parto —bromeó Rowan.

—¿Era la agencia? —le preguntó Nic sintiendo que el corazón comenzaba a latirle aceleradamente.

Rowan asintió muy sonriente.

—Tienen un bebé. Es una niña —anunció entre lágrimas de felicidad—. Su madre ha muerto y ella ha resultado herida por el estallido de una mina antipersona.

Va a tener que pasar un par de semanas ingresada y va a necesitar operaciones en los próximos años, pero...

–A nosotros –dijo Nic poniéndose en pie–. Nos necesita a nosotros –insistió corriendo hacia su mujer.

Rowan asintió y le pasó los brazos por el cuello.

–¡Oh, Nic! ¡Qué bien! ¡Qué feliz soy!

–¡Yo, también! –exclamó Nic tomándola en brazos y dándole vueltas por el aire–. ¡Mira todo lo que tengo gracias a ti! ¡Voy a ser padre!

Rowan le tomó el rostro entre las manos y lo miró a los ojos.

–Vas a ser el mejor padre del mundo –le aseguró.

Nic la estrechó con fuerza y se sentó en el sofá con ella encima.

–Mi vida es mucho mejor desde que tú formas parte de ella. Gracias por quererme, Rowan.

Rowan sentía tanto amor que le desbordaba.

–¡No puedo parar de llorar y te quiero besar! –exclamó riéndose y secándose las lágrimas a la vez–.

–¿Has cerrado la puerta con llave? –le preguntó tumbándose encima de ella–. ¿Podemos hacer esto dada tu delicada situación? Estando de parto y esas cosas... –bromeó acariciándole la tripa.

Rowan se rio.

–Date prisa. Será mejor que aprovechemos ahora que todavía no somos padres y no tenemos un bebé que nos robe la atención.

–Precisamente por eso, todavía no tenemos prisa, así que me voy a tomar el tiempo del mundo para darte toda la atención que te mereces –contestó Nic besándola con reverencia y amor.

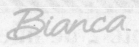

Una noche de pasión… ¡Y un enorme escándalo!

Dante D'Arezzo era la última persona a la que la famosa compositora Justina Perry querría encontrarse en la boda de su mejor amiga. El prohibitivamente sexy italiano era despiadado hasta la médula. Tras haber soportado que le hubiera roto el corazón en una ocasión, ella no estaba dispuesta a ceder de nuevo a su insaciable deseo. Pero lo hizo…

El embarazo de Justina fue portada en toda la prensa y Dante supo de inmediato que aquel bebé era suyo. Y estaba dispuesto a hacerle pagar caro por haberle intentado ocultar ese hijo. Señorita Independencia estaba a punto de volverse totalmente dependiente… de él.

Escándalos y secretos

Sharon Kendrick

Acepte 2 de nuestras mejores novelas de amor GRATIS

¡Y reciba un regalo sorpresa!

Oferta especial de tiempo limitado

Rellene el cupón y envíelo a
Harlequin Reader Service®
3010 Walden Ave.
P.O. Box 1867
Buffalo, N.Y. 14240-1867

¡Sí! Por favor, envíenme 2 novelas de amor de Harlequin (1 Bianca® y 1 Deseo®) gratis, más el regalo sorpresa. Luego remítanme 4 novelas nuevas todos los meses, las cuales recibiré mucho antes de que aparezcan en librerías, y factúrenme al bajo precio de $3,24 cada una, más $0,25 por envío e impuesto de ventas, si corresponde*. Este es el precio total, y es un ahorro de casi el 20% sobre el precio de portada. !Una oferta excelente! Entiendo que el hecho de aceptar estos libros y el regalo no me obliga en forma alguna a la compra de libros adicionales. Y también que puedo devolver cualquier envío y cancelar en cualquier momento. Aún si decido no comprar ningún otro libro de Harlequin, los 2 libros gratis y el regalo sorpresa son míos para siempre.

416 LBN DU7N

Nombre y apellido   (Por favor, letra de molde)

Dirección   Apartamento No.

Ciudad   Estado   Zona postal

Esta oferta se limita a un pedido por hogar y no está disponible para los subscriptores actuales de Deseo® y Bianca®.
*Los términos y precios quedan sujetos a cambios sin aviso previo.
Impuestos de ventas aplican en N.Y.

Tras las puertas de palacio

JULES BENNETT

Su matrimonio tenía todos los ingredientes de un gran romance de Hollywood: un bello entorno mediterráneo, un guapo príncipe y sexo del mejor. Era una lástima que no fuera real. Cuando el príncipe Stefan Alexander se casó con Victoria Dane, se trataba solo de un acuerdo entre amigos para asegurarse la corona. Victoria había renunciado a mucho por esa supuesta vida de cuento de hadas con Stefan, pero no tardó en descubrir que se había enamorado de él. Había llegado la hora de luchar por lo que realmente importaba, porque lo único a lo que no podía renunciar era a él.

¿Aceptaría una propuesta de verdad?

¡YA EN TU PUNTO DE VENTA!

Bianca

Los enemigos se atraen

Ivan Korovin estaba decidido a cimentar su evolución de pobre niño ruso sin un céntimo a estrella de cine de acción, multimillonario y filántropo. Pero antes de nada tenía que resolver un serio problema de Relaciones Públicas: la socióloga Miranda Sweet, que intentaba arruinar su reputación llamándolo neandertal en los medios de comunicación siempre que tenía oportunidad.

¿La solución? Darle al hambriento público lo que deseaba: ver que los enemigos se convertían en amantes. Desde la alfombra roja en el festival de Cannes a eventos en Hollywood o Moscú, fingirían una historia de amor ante los ojos de todo el mundo. Pero cada día resultaba más difícil saber qué era real y qué apariencia…

Sin rendición

Caitlin Crews